Klarant Verlag

Die gebürtige Ostfriesin *Sina Jorritsma* aus der Krummhörn studierte in Hamburg Germanistik und Philosophie, bevor sie wieder in ihre Heimat zurückkehrte. Sie veröffentlicht unter Pseudonym, weil sie ihre Umgebung genau beobachtet und Ereignisse aus ihrem Leben in ihre Geschichten einfließen. Das Romaneschreiben ist ihr kleines Geheimnis, das nur wenige Menschen kennen. Bei einer großen Kanne Ostfriesentee mit Sahne und Kluntjes kann sie halbe Nächte durchschreiben, tagsüber hält sie sich mit Joggen fit. Sina Jorritsma lebt mit ihrer Familie in einem kleinen Ort bei Emden.

Sina Jorritsma

Juister Chor

Ostfrieslandkrimi

Klarant Verlag

Kapitel 1

Kommissarin Antje Fedder war beunruhigt. Es fiel der Juister Inselpolizistin schwer, sich dieses Gefühl einzugestehen. Zumal es objektiv gesehen dafür eigentlich gar keinen Grund gab. Sicher, momentan herrschte Hochsaison auf der beliebten Nordseeinsel – so wie jedes Jahr im August. Doch daran war Antje gewöhnt, zumal sie – abgesehen von der Ausbildungszeit und einem kurzen Einsatz auf einer Großstadtwache – stets auf ihrem heimatlichen »Töwerland« für Recht und Ordnung gesorgt hatte. Und solche Touristenmassen wie auf Norderney oder Sylt musste man auf Juist ohnehin nie bewältigen. Antje hatte gemeinsam mit ihrem Kollegen und Freund Roland Witte die Lage immer gut im Griff gehabt. Doch dieses Jahr …

»Moin!«

Mit diesem norddeutschen Gruß stürmte Polizeimeisterin Wiebke Kropp in die kleine Inselwache. Antje unterdrückte einen Seufzer, während sie den Gruß erwiderte. Sie hatte gerade gedacht, dass in diesem Jahr die Polizeiführung den beiden Inselkommissaren die junge Kollegin als »Verstärkung« für die Hochsaison zur Verfügung gestellt hatte. Nach Antjes Meinung war dieser »Zuwachs« komplett überflüssig.

Wiebke hatte eine Mineralwasserflasche dabei. Sie setzte sich an den »Katzentisch«, den Roland extra für sie im Wachlokal aufgestellt hatte.

»Puh, an euren weichen Sandstrand muss ich mich erst noch gewöhnen«, plapperte die junge Polizistin. »Daheim in Wilhelmshaven mache ich meine morgendliche Joggingstunde immer auf Asphalt, das ist schon eine Umstellung … aber der Wind und das Licht sind toll, an euer Juister Klima könnte ich mich gewöhnen!«

Bitte nicht, dachte die Kommissarin. Und sie stellte sich selbst die Frage, warum sie Wiebke nicht mochte. Die beiden Frauen unterschieden sich stark voneinander. Während die blonde, hochgewachsene Antje ihr Haar lang trug, maß die junge Kollegin mit der dunklen Kurzhaarfrisur höchstens eins sechsundsechzig. Doch ihr drahtiger Körperbau durfte nicht darüber hinwegtäuschen, dass Wiebke ein richtiges Kraftpaket war. Sie betonte oft und gern, dass sie beim Boxen in der Gewichtsklasse Federgewicht um ein Haar den Landesmeisterinnentitel geholt hätte. Und überhaupt – Wiebke wirkte jetzt, um acht Uhr morgens, wie aus dem Ei gepellt. Antje zweifelte nicht daran, dass ihre Kollegin tatsächlich schon eine Stunde lang am Strand ihre Runde gedreht hatte. Sie verströmte den frischen Duft eines Duschgels, und auf ihrer perfekt gebügelten blauen Uniform war keine Fluse und keine Haarschuppe zu sehen.

»Wo bleibt denn der Langschläfer?«, fragte Wiebke scherzhaft und tippte mit dem Zeigefinger auf ihre Armbanduhr.

»Roland wurde bestimmt aufgehalten!«, erwiderte Antje eine Spur schärfer, als sie beabsichtigt hatte. Gleichzeitig machte sie sich bewusst, dass höchstwahrscheinlich ihr Kollege und Freund der wahre Grund für ihre Abneigung gegen Wiebke war. Die Kommissarin bildete sich nämlich ein, dass die Polizeimeisterin Roland mehr oder weniger offensiv schöne Augen machte. Antje fand diese Überlegungen selbst albern, und doch gingen sie ihr immer wieder durch den Kopf. Wiebke war nun einmal zehn Jahre jünger als sie selbst, und Männer standen doch angeblich auf »knackiges Gemüse«. Oder war das nur ein dummes Vorurteil? Und Roland ging ja auch nicht auf Wiebkes Avancen ein, zumindest war das Antjes Hoffnung. Sie vertraute ihrem Freund. Obwohl – hatte sie nicht am gestrigen Tag bemerkt, wie er und die junge Kollegin miteinander getuschelt hatten?

Du siehst schon Gespenster!, sagte die Kommissarin ärgerlich zu sich selbst. Doch ein Rest von Zweifel ließ sich nicht unterdrücken. Ihr fiel ein, dass Roland bei der Morduntersuchung auf der Vogelinsel Memmert eifersüchtig auf Antje und den Inselvogt gewesen war – obwohl es dafür keinen Grund gab. War der Flirt mit Wiebke also nur eine Retourkutsche?

In diesem Moment klopfte es wild an der Eingangstür.

»Ah, der Nachzügler hat seinen Schlüssel vergessen«, kommentierte die junge Polizeimeisterin. Und bevor Antje etwas erwidern konnte, war Wiebke aufgesprungen und hatte geöffnet. Doch es war nicht Roland, der draußen stand.

»Papa!«, rief Antje und stand von ihrem Bürostuhl auf. »Was ist passiert?«

Für sie stand fest, dass etwas Schlimmes geschehen sein musste. Ihr Vater Tjark Fedder war kein Mann, der sich so leicht aus der Bahn werfen ließ. Er war sein Leben lang zur See gefahren und hatte so manche gefährliche Situation gemeistert. Und sein Gesichtsausdruck zeigte deutlich, dass er für den Moment seine übliche Bärenruhe verloren hatte.

»Es geht um Joris – er liegt tot in meiner Kneipe, erstochen!«

»Wer ist Joris?«

Die Frage kam natürlich von Wiebke, die nach wenigen Wochen immer noch neu auf Juist war.

»Joris Niemann ist – war – Chorleiter bei den *Juist Sailors*, die in der Gaststätte meines Vaters proben«, erklärte Antje, während sie ihre Dienstmütze aufsetzte. Wiebke folgte ihrem Beispiel. Als die beiden Polizistinnen mit Tjark Fedder die Wache verließen, kam Roland auf sie zugeeilt.

»Wo bleibst du denn?«, rief Wiebke entrüstet. »Wir haben einen Einsatz!«

7

Die führt sich ja auf, als ob sie Rolands Vorgesetzte wäre – oder seine Ehefrau!, dachte Antje verdrossen. Aber jetzt war nicht der passende Moment, um sich über Beziehungsprobleme den Kopf zu zerbrechen.

»Ein Kind hatte sich in der Nähe vom Schiffchenteich verlaufen, ich musste ein bisschen Detektiv spielen, um es zu seinen Eltern zurückzubringen«, rechtfertigte Antjes Kollege sich. Er war ein hochgewachsener, dunkelhaariger Mann, der das Leben normalerweise von der leichten Seite nahm. Seine Pflichten vernachlässigte er trotzdem nicht. Daher war die Kommissarin davon ausgegangen, dass es für seine Verspätung einen guten Grund gab.

Während die kleine Gruppe durch die Warmbadstraße auf die Strandpromenade zueilte, brachte Tjark Fedder auch Roland auf den neuesten Stand.

»Wer sind denn die *Juist Sailors*?«, wollte Wiebke von Antje wissen.

»So heißt der Shantychor, den wir hier auf der Insel haben«, antwortete die Kommissarin. Sie fuhr fort: »Es gibt ihn schon, seit ich denken kann. Joris war erst seit ungefähr einem halben Jahr der Mann mit dem Taktstock.«

Ihr Vater ergänzte: »Und er war der jüngste Chorleiter, den die *Sailors* je hatten.«

Wiebke zuckte mit den Schultern und sagte: »Das wundert mich. Ich dachte immer, Shantys wären Musik von alten Leuten für alte Leute.«

Tjark drehte sich zu ihr um: »Da liegst du aber völlig falsch, junge Frau! Es stimmt, die meisten Sänger sind schon im Rentenalter. Aber zu den Konzerten des Chors kommen auch Leute in deinem Alter.«

Antjes Vater duzte die Polizeimeisterin, weil er das mit Antje und ihrem Kollegen ebenso tat. Sollte er seine eigene Tochter vielleicht siezen? Dieser Gedanke war abwegig, und Roland wurde von dem Gastwirt sowieso als sein zukünftiger Schwiegersohn betrachtet. Zum Glück fasste Wiebke seine Anrede nicht als Respektlosigkeit auf, sondern sagte: »Entschuldige, das habe ich nicht gewusst. Ich selbst höre andere Musik, aber ich habe nichts gegen Shantys.«

Antje hatte insgeheim vermutet, dass Wiebke ihrem Vater gegenüber unhöflich sein würde, doch das konnte man nun wirklich nicht behaupten. Es war objektiv gesehen wirklich schwer, die junge Kollegin *nicht* zu mögen. Die Kommissarin schob innerlich ihre Hirngespinste beiseite und konzentrierte sich auf den neuen Fall. Von der Polizeistation in der Carl-Stegmann-Straße bis zum Lokal *Juister Kajüte* an der Strandpromenade waren es zu Fuß nur wenige Minuten. Antjes Vater hatte sich das Objekt beim Eintritt in den Ruhestand gekauft und als gemütliche Seemannskneipe eingerichtet. Der Gastraum war mit zahlreichen Souvenirs eingerichtet, die Tjark Fedder von seinen Fahrten auf allen Weltmeeren mitgebracht hatte.

»Joris liegt in der Küche«, murmelte der Gastwirt, als sie sich dem Lokal näherten.

Antje zog schon mal Latexhandschuhe über. Eine Frage musste sie sofort loswerden: »Papa, warum war Joris Niemann so früh am Morgen schon hier? Oder ist er gestern Abend gekommen, nachdem du Feierabend gemacht hast?«

»Das weiß ich nicht, Antje. Joris hat ja einen Schlüssel, den bekam er von seinem Vorgänger. Die Sailors dürfen ja in meiner Kajüte proben, seit ich den Laden aufgemacht habe. Und es wäre mir zu aufwendig gewesen, ihnen jedes Mal aufzuschließen. Also kann der Chorleiter kommen und gehen, wie er es selbst für richtig hält.«

»Und warum bist du selbst so früh am Morgen schon hier? Du machst doch dein Lokal erst mittags auf, oder?«

Diese Fragen kamen von Wiebke, und sie waren an Tjark Fedder gerichtet. Antje musste zugeben, dass sie selbst an diesen Punkt nicht gedacht hatte. Obwohl er natürlich geklärt werden musste.

»Meine Reinigungskraft hat sich krankgemeldet, ihr Fuß ist verstaucht«, erklärte der Gastwirt. »Also mache ich selbst Klarschiff, das ist am einfachsten. Im Sommer auf die Schnelle anderes Personal zu kriegen, ist auf Juist völlig utopisch.«

Sie betraten das Lokal nicht durch die Vordertür, sondern von hinten. Durch diesen Zugang gelangte man direkt in die Küche.

»Es ist nicht abgeschlossen«, stellte Roland fest.

»Nee, daran habe ich nicht gedacht, als ich euch alarmiert habe«, gab Tjark Fedder zurück.

»War denn abgeschlossen, als du die Leiche entdeckt hast?«, wollte Antje wissen. Ihr Vater antwortete nicht sofort. Er senkte das Kinn auf seinen mächtigen Brustkorb und runzelte die Stirn. Dies tat er öfter, wenn er intensiv nachdachte. Sie hakte nach: »Die Antwort ist wichtig für uns, Papa!«

»Das weiß ich doch. Aber ich kann es nicht beschwören, tut mir leid.«

Die Kommissarin verstand ihn. Wenn jemand in seiner Küche einen Toten entdeckte, achtete die Person gewiss nicht auf alle Einzelheiten. Noch nicht einmal, wenn es sich bei dem Melder um den Vater einer Polizeibeamtin handelte, der von ihren Untersuchungen schon das eine oder andere Detail ungewollt mitbekommen hatte.

Antje stieß die Tür mit dem Handballen auf. In der Küche herrschte eine stickige Atmosphäre, da alle Fenster geschlossen waren. Tjark Fedder bot in seinem Lokal nur einige Kleinigkeiten zum Essen an, daher hielt sich der Arbeitsaufwand für den Koch in Grenzen.

Die Kommissarin schaltete das Licht an, denn die Jalousie des einzigen Fensters war heruntergelassen. Im grellen Schein der Neonröhre erblickte sie die Leiche.

Joris Niemann lag auf der Seite, direkt vor dem großen Edelstahl-Kühlschrank. In seinem Rücken steckte ein Messer, dessen Griff denen der übrigen Steakmesser in einem Messerblock über der Arbeitsfläche ähnelte.

»Der Mörder muss eins von meinen Messern benutzt haben.«

Diese Worte kamen natürlich von Antjes Vater, der auf den Messerblock zeigte. Und wirklich fehlte dort eines der Küchenwerkzeuge.

»Ich hole schon mal den Tatortkoffer«, sagte Roland.

»Das kann ich doch machen«, widersprach Wiebke. Und bevor einer der anderen Anwesenden etwas erwidern konnte, war die junge Polizeimeisterin schon wieder hinausgeflitzt.

Die will sich wohl wirklich unentbehrlich machen, dachte Antje verdrossen. Und auch ihrem Vater war Wiebkes auffälliger Diensteifer nicht entgangen: »Eure junge Kollegin hat wohl Hummeln im Hintern«, scherzte er. Antje war eigentlich ganz froh, ihre vermeintliche Rivalin für den Moment nicht sehen zu müssen. Desto leichter fiel es ihr, sich mit dem Toten zu befassen.

Joris Niemann war ein attraktiver Mann Ende dreißig gewesen. Seine Haut war ebenmäßig gebräunt, was bei ganzjährig auf der Insel lebenden Menschen nicht ungewöhnlich war – vorausgesetzt, sie hielten sich viel an der frischen Luft auf. Das dunkelblonde Haar hatte er sich zu einer modischen Frisur schneiden lassen, und zwar nicht auf Juist, sondern bei einem Star-Coiffeur in Hamburg, wie Antje einmal nebenbei mitbekommen hatte. Niemann war geschäftlich oft auf dem Festland, nahm aber stets an den Chorproben teil.

Das Verbrechensopfer trug eine beige Baumwollhose, Sneakers und ein grünes Polohemd. Seine Kleidung war von guter Qualität. Niemann galt auf der Insel als reich, wie der Kommissarin bekannt war. Sie selbst hatte zu seinen Lebzeiten nur ein paar Sätze mit ihm gewechselt. Er war ihr als freundlich, aber distanziert und aalglatt in Erinnerung geblieben.

Der Ehering an seiner Hand mahnte Antje, dass sie seiner Frau die Todesnachricht überbringen musste.

Kapitel 2

Zunächst rief die Kommissarin einen der auf Juist praktizierenden Badeärzte an, damit er den Totenschein ausstellte. Zwar konnte es ihrer Meinung nach an der Todesursache keinen Zweifel geben, aber endgültige Gewissheit schaffte letztlich die Obduktion. Außerdem nahm sie Kontakt mit einem Fuhrunternehmer auf, der den Inselpolizisten schon öfter behilflich gewesen war. Der Leichnam musste mit der Fähre zum gerichtsmedizinischen Institut von Oldenburg geschafft werden. Währenddessen nahm Roland den Tatort genauer in Augenschein, während Tjark Fedder vor der Tür wartete. Als Vater einer Polizistin wusste er natürlich, dass Spuren sehr leicht versehentlich vernichtet werden konnten.

Der Kommissar kniete sich neben die Leiche, dann drehte er seinen Kopf in Richtung des Gastwirts.

»Tjark, wann findet die nächste Chorprobe statt?«

»Übermorgen. Wenn du mich fragst, was Joris in meiner Küche wollte – ich weiß es nicht.«

Roland begann damit, die Taschen des Toten zu durchsuchen. Smartphone, Geldbörse und teure Armbanduhr waren vorhanden. Er tat die Gegenstände in Beutel für Beweisstücke, um sie später zu sichten.

»Auf die Wertgegenstände kann es dem Täter nicht angekommen sein«, dachte der Inselpolizist laut nach und fügte hinzu: »Oder er hat dem Opfer etwas weggenommen, von dem wir nichts wissen.«

»Darüber wird uns Gesa Auskunft geben können«, sagte Antje mit tonloser Stimme. »Ich benachrichtige sie jetzt, dann komme ich zurück.«

Mit diesen Worten wandte sie sich ab. Nun erschien der Mediziner, den sie angerufen hatte. Sie wechselte ein paar Worte mit ihm. Er nickte und begab sich zu der Leiche. Als die Kommissarin die *Juister Kajüte* verließ, kam ihre junge Kollegin mit dem Tatortkoffer.

»Ich gehe zu der Witwe, sie und ich kennen uns seit unserer Kindheit. Ihr könnt ja schon mal die Spuren sichern.«

»Wird gemacht«, gab Wiebke zurück.

Noch eine halbe Stunde zuvor hätte Antje sich gewiss den Kopf darüber zerbrochen, ob sie die beiden zusammen unbesorgt arbeiten lassen konnte. Doch nun kam Antje ihre eigene Eifersucht kindisch und unreif vor. Gesa hatte auf gewaltsame Weise ihren Ehemann verloren, das war ein echter Schicksalsschlag. Während die Kommissarin zum Wohnhaus der Niemanns eilte, führte sie sich die bekannten Tatsachen über dieses Paar vor Augen.

Während Gesa genau wie Antje selbst ein echtes Inselkind war, hatte Joris erst seit einem Jahr auf Juist gelebt. Er war allerdings oft unterwegs. Die Polizistin hatte ihn so manches Mal zufällig getroffen, wenn er zum Flugplatz fuhr oder von dort zurückkehrte.

Als Inselpolizistin nahm sie natürlich am Leben der Juister Anteil – allein schon, um Konflikte möglichst frühzeitig erkennen zu können. Nach Antjes Ansicht war es nämlich am besten, ein Verbrechen gar nicht erst geschehen zu lassen. Doch bei Gesa und Joris hatte sie keine Schwierigkeiten bemerken können. Es gab keine Probleme, zumindest nicht in der Gegenwart.

Obwohl Keno …

Als Antje dieser Gedanke kam, stoppte sie sich selbst. Es wäre leichtfertig, verfrühte Schlussfolgerungen zu ziehen.

Außerdem war Keno Kajunga wahrscheinlich noch hinter Schloss und Riegel. Während der Kommissarin diese Überlegungen durch den Kopf gingen, hatte sie die Cirksena-straße erreicht. Dort lebten die Niemanns in einem sehr schicken modernen Einfamilienhaus, dessen Bauweise sich trotzdem einigermaßen harmonisch in die traditionellen roten Backstein-Friesenhäuser der Umgebung einfügte. Auf Juist legte man Wert auf ein stimmiges Gesamtbild, um die anderswo begangenen Bausünden zu vermeiden.

Antjes Herz hämmerte laut in ihrer Brust, als sie an der Eingangstür läutete. Sie war kein Feigling, denn eine solche Eigenschaft hätte ihr die Berufsausübung als Polizistin äußerst schwer gemacht. Trotzdem – vor einem solchen Moment, der sie jetzt erwartete, fürchtete sie sich. Und würde es wohl auch immer tun.

Gesa Niemann lächelte, als sie die Inselpolizistin erkannte. Sie war nur zwei Jahre älter als Antje, aber ebenso blond. Gesa trug ihr Haar knapp schulterlang. Sie duftete nach einem teuren Duschgel und hatte einen bequemen Hausanzug aus Frotteestoff an.

»Moin, Antje! Das ist ja eine nette Überraschung. Du hast wohl schon geahnt, dass ich gerade frühstücke, oder? – Komm rein!«

Bevor die Inselpolizistin etwas erwidern konnte, hatte sich Gesa umgedreht und war in die großzügig geschnittene offene Küche vorausgeeilt. Dort gab es auch eine kleine Sitztheke aus Marmor.

»Ich musste gerade das Chaos beseitigen, das Olli veranstaltet hat«, plapperte Gesa. »Mein Sohnemann wurde vor einer halben Stunde von seinem besten Kumpel Finn abgeholt. Unglaublich, dass die Rangen in den Ferien so früh aufstehen, oder? Naja, Fußball ist ihm heilig. Und es ist nur noch eine Woche bis zu dem großen Spiel gegen Wangerooge …«

Antje runzelte die Stirn. Gesas Munterkeit kam ihr aufgesetzt und verkrampft vor. Was hatte das zu bedeuten?

»Und Joris …«, begann die Kommissarin, doch die Ehefrau des Toten fiel ihr ins Wort.

»Ach, mein Herr Gemahl ist wieder einmal geschäftlich unterwegs«, verkündete sie und rollte mit den Augen. »Er musste gestern nach Hamburg fliegen und hat es offensichtlich bisher nicht geschafft, zurückzukehren. Und anrufen konnte er anscheinend auch nicht, aber das kenne ich schon von ihm. – So sind die Männer, oder?!«

Antje atmete tief durch. Sie fühlte sich, als ob ein Backstein quer in ihrer Kehle stecken würde. »Gesa … ich muss dir leider mitteilen, dass Joris tot aufgefunden wurde.«

Die Frau schaute die Kommissarin einen Moment lang schweigend an. Dann sagte sie: »Wenn das ein Scherz sein soll, dann kann ich nicht darüber lachen!«

Antje trat auf sie zu. »Es ist die Wahrheit, so leid es mir tut. Mein Vater hat ihn in der Küche der *Juister Kajüte* gefunden. Joris wurde ermordet.«

Gesa gab einen röchelnden Laut von sich, dann fiel sie Antje um den Hals. Ihre Schultern zuckten. Nach einer Weile, die der Inselpolizistin wie eine halbe Ewigkeit vorkam, ließ die Witwe sie wieder los.

»Wie … konnte das geschehen?«, fragte Gesa.

»Das werden wir herausfinden«, versprach Antje. »Du hast offenbar angenommen, dass Joris geschäftlich nach Hamburg geflogen ist. Aber entweder ist er gar nicht abgereist oder er kehrte zurück, ohne dich darüber zu informieren.«

Gesa ließ den Kopf sinken. »Ich weiß es nicht … ich kann momentan nicht klar denken …«

Antje sagte: »Trotzdem muss ich dir ein paar Fragen stellen, falls du dich dazu in der Lage fühlst.«

»Ja, das muss wohl sein.«

»Was für Geschäfte machte dein Mann eigentlich? Ich habe nur einmal am Rande mitbekommen, dass er selbstständig war.«

»Joris hatte eine Agentur für Sachversicherungen, und zwar für Seefracht. Wenn eine Reederei also besonders verderbliche Waren transportieren musste oder für einen

Frachter eine riskante Fahrtroute wählte, hat Joris ihnen maßgeschneiderte Lösungen präsentiert. Bei modernen Containerschiffen geht es ja um enorme Summen, entsprechend hoch sind die Versicherungsprämien.«

Und die Provisionen, dachte Antje. Nun verstand sie schon viel besser, warum sie hier von einem beeindruckenden Wohlstand umgeben war. Allerdings wurde die Kommissarin davon irritiert, dass die Witwe die Erklärungen zur Berufstätigkeit ihres Mannes so emotionslos heruntergebetet hatte. Außerdem hatte Gesa nicht geweint, obwohl sie diesen Eindruck zu erwecken versuchte.

Das musste nicht unbedingt etwas zu bedeuten haben. Antje wollte diese Beobachtung später auf jeden Fall mit Roland besprechen. Und Wiebke würde gewiss auch ihren Senf dazugeben.

»Ich möchte wissen, ob Keno wieder auf Juist ist.«

Dieser Satz von Gesa ließ die Kommissarin aufhorchen. Sie hakte nach: »Bist du von deinem Ex-Mann bedroht worden? Hat er sich von der Justizvollzugsanstalt aus bei dir gemeldet?«

Die Witwe murmelte: »Keno hat einige Briefe geschrieben und verlangt, dass er Olli sehen will. Dabei hat das Vormundschaftsgericht mir damals klar das alleinige Sorgerecht zugesprochen. Ehrlich gesagt weiß ich nicht, ob Keno sich überhaupt noch in Haft befindet. Seine Briefe habe ich nie beantwortet, sondern sie meiner Anwältin übergeben. Sie wird ihm schon die entsprechende Antwort verpasst haben, und damit war er wahrscheinlich nicht glücklich.«

Für die Kommissarin würde es ein Leichtes sein, den momentanen Status und Aufenthaltsort von Gesas Ex-Mann herauszufinden. Antje hatte ihn als einen aufbrausenden Wüterich in Erinnerung. Sie traute ihm durchaus zu, sich mit dem neuen Gatten seiner Ex-Frau anzulegen. Aber würde er auch zu einem Mord fähig sein? Und – warum sollte sich Joris heimlich mit seinem Vorgänger treffen, anstatt wie geplant nach Hamburg zu fliegen? Außerdem fand die Inselpolizistin es nach wie vor sehr befremdlich, dass die Tat ausgerechnet in der *Juister Kajüte* stattgefunden hatte. Sicher, Joris hatte als Chorleiter einen Schlüssel gehabt. Ob er dort von seinem Mörder überrumpelt worden war? Oder traf er sich bewusst mit einer Person an diesem Ort, wo sie ungestört waren?

Antje ging systematisch vor: »Wann hast du Joris zum letzten Mal lebend gesehen?«

»Gestern, nach dem Mittagessen. Es muss so gegen vierzehn Uhr gewesen sein. Mein Mann sagte, dass er nach Hamburg fliegen müsse. Er gab mir einen Kuss, schwang sich auf sein Rad und fuhr davon.«

»Was hatte er an?«

Gesa beantwortete Antjes Frage. Die Kleidung entsprach exakt der, in der Tjark Fedder die Leiche entdeckt hatte.

Die Kommissarin runzelte die Stirn und hakte nach: »Ich verstehe nichts von der Versicherungsbranche, aber trifft man dort nicht eher mit Anzug und Krawatte auf?«

»Ich weiß nicht, Antje. Joris kennt viele Kunden seit Jahren, da konnte er vielleicht auch etwas legerer angezogen sein. Auf jeden Fall hatte er seine Aktentasche bei sich.«

Dieser Gegenstand hatte sich nicht in der Küche des Lokals befunden. Und das Rad des Ermordeten fehlte ebenfalls. Antje hatte es weder hinter der *Juister Kajüte* noch in der unmittelbaren Umgebung gesehen.

»Wie hat Joris auf dich gewirkt, als ihr euch verabschiedet habt?«, wollte sie von der Witwe wissen. »Wirkte er bedrückt, fühlte er sich verfolgt?«

»Nein, er war wie immer – voller Energie und lebensfroh. Bitte findet den Dreckskerl, der ihm das angetan hat!«

»Sobald es etwas Neues gibt, erfährst du es sofort von mir«, versprach Antje. Und sie fügte hinzu: »Du kannst mich jederzeit anrufen, falls dir noch etwas einfällt oder du einfach mit jemandem reden musst. – Wer kümmert sich jetzt um dich?«

»Ich werde erst einmal meine Eltern anrufen und ihnen erzählen, was geschehen ist. Dann kommen sie bestimmt gleich vorbei«, erwiderte Gesa mit tonloser Stimme.

Natürlich kannte Antje auch Hajo und Marieke Roelfs, die ebenfalls zu den alteingesessenen Insulanern gehörten. Hajo Roelfs war Chorleiter gewesen, bevor er den Posten an seinen Schwiegersohn abgetreten hatte.

Die Kommissarin atmete erst einmal tief durch, als sie das Haus verließ. Nach dem Besuch bei der Witwe gab es noch mehr ungeklärte Fragen als zuvor.

Kapitel 3

Antje schaute noch kurz beim Lokal ihres Vaters vorbei. Dort hatten Tjark Fedder und der Kutscher mit vereinten Kräften die Leiche soeben in Kunststoff-Folie verpackt und luden sie auf das Pferdefuhrwerk. Abgesehen vom Rettungswagen und den PKWs der Ärzte gab es auf der autofreien Insel keine Kraftfahrzeuge. Daher wurden größere Transporte mit Pferdewagen durchgeführt. Das galt auch für die sterblichen Überreste von Menschen.

»Den Totenschein hat Roland mitgenommen«, sagte der Gastwirt zu seiner Tochter. Und er fügte leise hinzu: »Kann es sein, dass eure neue Kollegin Interesse an ihm hat?«

Die Kommissarin errötete unwillkürlich. Sie hatte es schon als Teenager gehasst, wenn sie einen roten Kopf bekam. Doch gegen die Reaktionen des eigenen Körpers war man manchmal leider wehrlos.

»Unsinn, Papa. Wie kommst du nur auf diese Idee?«

»Ich habe Augen im Kopf«, gab ihr Vater gleichmütig zurück. »Aber ich würde mir deshalb keine Sorgen machen. Roland weiß, was er an dir hat.«

Der letzte Satz sollte Antje zweifellos beruhigen, doch diese Wirkung blieb aus. Wenn jetzt schon Außenstehende bemerkten, dass Wiebke hemmungslos mit ihrem Freund flirtete, konnte das kein gutes Zeichen sein. Vielleicht wäre es das Beste, wenn Antje ihre Rivalin einmal beiseitenehmen würde – um dann als besitzergreifende und eifersüchtige Zimtzicke zu erscheinen? Es kam ihr so vor, als ob sie bei diesem Konflikt nur verlieren konnte.

Antje wechselte schnell das Thema. Nachdem sich der Kutscher mit der Leiche Richtung Fährhafen aufgemacht hatte, fragte sie ihren Vater: »Konnten Roland und Wiebke weitere Spuren sichern?«

»Sie haben Fingerabdrücke an der Küchentür und am Kühlschrank genommen, alles Weitere wirst du von ihnen erfahren. Ansonsten hat dein Freund gesagt, dass ich mein Lokal weiter betreiben darf.«

»Gut, Papa. – Was ist eigentlich mit deinem Koch? Der hat doch auch einen Schlüssel, oder?«

»Ja, aber Philip ist so früh am Morgen noch gar nicht im Einsatz. Glaubst du, dass er etwas mit Joris' Tod zu tun haben könnte?«

»Du weißt doch, wie es läuft, Papa. Wir müssen alle Möglichkeiten berücksichtigen.«

Die Kommissarin ließ sich die Mobilnummer des Kochs geben. Dann verabschiedete sie sich von ihrem Vater und kehrte zur Polizeistation zurück. Aus dem Inneren des kleinen Hauses, dessen erstes Stockwerk als Dienstwohnung vorgesehen war, drangen munter klingende Gesprächsfetzen und Lachen. Als Antje eintrat, verstummten Roland und Wiebke sofort.

»Störe ich?«, fragte Antje. Im nächsten Moment hätte sie sich am liebsten auf die Zunge gebissen. Nun klang sie wirklich wie eine beleidigte Leberwurst, jedenfalls ihrer eigenen Ansicht nach. Doch ihre beiden Kollegen nahmen an ihren schnippischen Worten scheinbar keinen Anstoß.

»Ich habe Roland gerade von einer lustigen Verhaftung in meinem ersten Monat nach der Ausbildung erzählt«, meinte Wiebke.

Das kann ja noch nicht allzu lange her sein, dachte Antje. Sie sagte: »Wir sollten uns wieder mit dem aktuellen Fall befassen. Wie sieht es mit der Spurenlage aus?«

»Wir haben Fingerabdrücke von verschiedenen Personen sichern können«, berichtete der Kommissar. »In der *Juister Kajüte* werden wir die Abdrücke von deinem Vater und seinem Koch finden, was nicht verwunderlich sein dürfte. Von beiden müssen wir uns Vergleichsproben holen. Die

Fingerabdrücke des Mordopfers haben wir natürlich auch. Wobei ich mich frage, was er in der Küche des Lokals zu suchen hatte.«

»Wann schließt die *Juister Kajüte*?«, wollte Wiebke wissen.

»Meistens gegen Mitternacht«, antwortete Antje.

»Also konnte Joris ab zwölf Uhr nachts bis zum nächsten Morgen sicher sein, dort nicht gestört zu werden«, dachte die Polizeimeisterin laut nach. »Da er einen Schlüssel hatte, war es der perfekte Platz für ein geheimes Treffen.«

»Übrigens haben wir den Schlüssel zum Lokal in der Tasche des Toten sichergestellt«, ergänzte Roland. Er fuhr fort: »Der Mörder muss also entweder einen anderen Schlüssel gehabt haben – oder es war gar nicht abgeschlossen. Es wäre auch möglich, dass der Täter vom Opfer hereingelassen wurde. Vielleicht fällt deinem Vater ja noch ein, ob umgeschlossen war oder nicht.«

»Papa ist ein guter Zeuge«, gab Antje gereizt zurück. »Als er sein Lokal betrat, hat er sicher nicht damit gerechnet, dort eine Leiche vorzufinden. Da kann man schon mal durcheinanderkommen!«

Sie merkte selbst, wie gereizt sie war. Für einen Moment herrschte Stille im Wachlokal. Dann fragte Wiebke mit neutralem Tonfall: »Konntest du von der Witwe etwas Wichtiges erfahren?«

Antje berichtete, was Gesa Niemann ihr über Keno Kajunga erzählt hatte.

Roland schnippte mit den Fingern und sagte: »Kajunga? Den habe ich doch höchstpersönlich auf die Fähre nach Norddeich gebracht, damit er seine Haft in der JVA Lingen antreten konnte.«

»Was hat der Knabe sich denn zuschulden kommen lassen?«, wollte die Polizeimeisterin wissen.

»Keno ist ein Hitzkopf, so war er schon als Kind«, stellte Antje fest. »Insgesamt war er dreimal in Gewaltdelikte verwickelt – Körperverletzung und schwere Körperverletzung, teilweise unter Alkoholeinfluss. Zweimal hat er auf dem Festland die Kontrolle verloren, bei der dritten Gelegenheit haben wir ihn hier auf der Insel festgenommen. Die Untersuchungshaft wurde ihm vermutlich angerechnet.«

»Also könnte Keno schon wieder auf freiem Fuß sein?«, hakte Roland nach.

Antje erwiderte: »Ich habe seinen Entlassungstermin nicht im Kopf, aber das lässt sich ja schnell feststellen.«

Mit diesen Worten griff sie zum Telefon.

»Wen rufst du an?«, fragte Wiebke.

»Kenos Bewährungshelfer«, lautete die Antwort. Die Kommissarin schaltete den Lautsprecher ein, damit ihre Kollegen mithören konnten. Als sich der Beamte meldete, nannte sie ihren eigenen Namen und Dienstgrad. Außerdem teilte sie natürlich den Grund ihres Anrufs mit.

»Ah, es geht um Keno Kajunga«, sagte der Bewährungshelfer. Er fuhr fort: »Ich bin ja von Natur aus Optimist, andernfalls hätte ich wohl meinen Beruf verfehlt. – Herr Kajunga hatte immer Probleme damit, sein Temperament im Zaum zu halten. Er bekam in der Strafanstalt die Chance, ein Anti-Aggressionstraining zu machen. Der Kursleiter war sehr zufrieden mit ihm. Bei seiner Entlassung vor einer Woche habe ich ein intensives Gespräch mit Herrn Kajunga geführt. Er wollte zunächst wieder bei seinen Eltern wohnen, die angeblich eine feste Arbeit für ihn in Aussicht haben.«

Kenos Vater und Mutter wohnen auf Juist, dachte Antje. Sie fragte: »Waren mit der Haftentlassung Auflagen verknüpft, beispielsweise regelmäßige Meldungen bei der Polizei? Wir sind nämlich nicht informiert worden.«

»Dafür gab es keinen Anlass«, erwiderte der Bewährungs-helfer. »Herr Kajunga ist während seiner Haftzeit nicht negativ aufgefallen. Die letzten drei Monate seiner Gefäng-nisstrafe wurden ihm wegen guter Führung erlassen.«

Die Kommissarin war eine Verfechterin von Resozialisie-rung. Allerdings fiel es ihr schwer zu glauben, dass aus dem brodelnden Vulkan Keno Kajunga ein lammfrommer Zeit-genosse geworden sein sollte. Doch sie war gern bereit, sich eines Besseren belehren zu lassen. Zunächst bedankte sie sich bei dem Beamten und beendete das Telefonat. Roland und Wiebke hatten über Lautsprecher mitgehört.

»Vermutlich willst du Kajunga jetzt einen Besuch abstat-ten?«, fragte der Kommissar.

»Richtig geraten«, antwortete Antje.

»Gut, gehen wir.«

Mit diesen Worten stand Wiebke auf, doch sie wurde von der Kommissarin gebremst: »Du könntest währenddessen am Strand patrouillieren und Polizeipräsenz zeigen. Wir müssen nicht zu dritt bei Keno aufkreuzen, mit dem Kerl werden Roland und ich auch zu zweit fertig. Wenn die Teppichetage uns schon Verstärkung schickt, dann soll es auch für die Öffentlichkeit sichtbar sein.«

Wiebkes Gesichtsausdruck zeigte deutlich, dass sie von dieser Anweisung nicht begeistert war. Doch sie brach keine Diskussion vom Zaun, sondern griff einfach nur nach ihrer Mütze: »Gut, dann bin ich einstweilen am Hauptstrand. Wir stehen ja über Funk in Verbindung, falls es etwas Neues gibt.«

Mit diesen Worten verließ sie das Wachlokal. Durch das Fenster konnte man sehen, dass die Polizeimeisterin in Richtung Bahnhofstraße davoneilte.

Antje und Roland schwangen sich auf ihre Räder und fuhren zur Deichstraße, wo die Kajungas lebten.

»Könnte es sein, dass du Wiebke nicht magst?«, fragte der Kommissar.

Dafür findest du sie nur umso toller, dachte Antje verdrossen. Sie sagte: »Unsinn, wie kommst du denn darauf?«

»Du bist ihr gegenüber immer so schroff.«

»Wir Inselfriesen verfügen eben über kein südländisches Temperament, das solltest du doch inzwischen begriffen haben. Erinnerst du dich daran, wie du zum ersten Mal Juister Boden betreten hast?«

»Allerdings!«, gab Roland lachend zurück. »Wenn mir damals jemand prophezeit hätte, dass aus uns einmal ein Paar werden würde, hätte ich ihn für verrückt erklärt. Du warst ein richtiger Eisblock – obwohl, gefallen hast du mir vom ersten Moment an.«

Antje wusste nicht, ob sie seine Worte wirklich als ein Kompliment auffassen sollte. Sie meinte: »Wie auch immer – ich habe Wiebke auf Patrouille geschickt, damit unsere verehrte Bürgermeisterin sieht, dass auch wirklich Verstärkung eingetroffen ist. Bisher konnten wir die Arbeit auch in der Hochsaison immer zu zweit bewältigen, oder? Höchstwahrscheinlich haben wir Silke Meester diese Sonderplanstelle zu verdanken. Sie hat den Chefs so lange in den Ohren gelegen, bis man uns Wiebke geschickt hat.«

Die Bürgermeisterin des »Töwerlands« meinte es nur gut, neigte aber zum Übereifer. Außerdem war sie stets und ständig um die Sicherheit der kleinen Insel besorgt. Daher mischte Silke Meester sich oft ungefragt in die Polizeiarbeit ein, was Antje regelmäßig zur Weißglut brachte.

Die Inselpolizisten hatten nun das Wohnhaus der Kajungas erreicht. Sie lehnten ihre Räder gegen die niedrige Natursteinmauer, und Antje klingelte an der weiß gestrichenen Eingangstür des roten Backsteinbaus. Eine ältere Frau öffnete. Sie zuckte zusammen, als sie die Polizeiuniformen erblickte.

»Moin, Femke«, sagte Antje freundlich. »Wir möchten gern mit Keno sprechen.«

»Mein Sohn ist bei der Arbeit!«, gab die Mutter des Verdächtigen zurück. »Warum könnt ihr ihn nicht endlich in Ruhe lassen?«

»Wir wollen einfach nur mit ihm reden, das ist alles. Ich wusste gar nicht, dass er wieder auf Juist ist.«

Femke Kajungas Stimme klang beinahe beschwörend, als sie sagte: »Mein Junge wird keinen Ärger mehr machen. Das musst du mir glauben, Antje. Die Zeit auf dem Festland hat ihm nicht gutgetan, und das Gefängnis war die Hölle für ihn. Hier auf der Insel kann er wieder zu sich selbst finden, macht ihm diese Chance nicht kaputt!«

Die Mutter hätte gewiss am liebsten verhindert, dass es zu einem Kontakt zwischen der Polizei und ihrem Sohn kam. Doch die Kommissarin blieb beharrlich: »Es ist doch schön, dass Keno wieder einer Beschäftigung nachgeht. Wo finden wir ihn denn?«

»Im Lokal *Zum Schellfisch*, er arbeitet dort als Spülhilfe und ›Mädchen für alles‹. Bitte macht ihm diese Chance nicht kaputt!«

»Keine Sorge, wir bleiben unauffällig«, versicherte Roland.

»Wie kann man unauffällig sein, wenn man eine Uniform trägt?«

Diese Frage von Femke Kajunga ließen die Polizisten unbeantwortet. Sie verabschiedeten sich und fuhren zu dem beliebten Fischlokal weiter, das sich in der Strandstraße unweit vom Rathaus befand.

»Was macht Kenos Vater eigentlich beruflich?«, fragte Roland auf dem Weg zu dem Restaurant.

»Eike ist eine Art Allround-Handwerker. Es gibt nichts, was er nicht reparieren kann. Er hat immer davon geträumt, dass sein Sohn eines Tages mal seine kleine Werkstatt übernimmt.«

»Dann wird es wohl eine Enttäuschung für ihn sein, dass Keno auf die schiefe Bahn geraten ist«, meinte der Kommissar.

»Das vermute ich auch, obwohl er nie darüber gesprochen hat. Aber Eike macht sowieso nicht oft den Mund auf, jedenfalls nicht zum Reden.«

»Lieber zum Essen?«, fragte Roland grinsend.

»Das auch, aber ich dachte eher ans Singen. Kenos Vater ist nämlich auch Mitglied bei den *Juist Sailors*, schon seit vielen Jahren.«

Antjes Kollege wurde stutzig: »Also kennt Keno Joris Niemann nicht nur als den neuen Ehemann seiner Ex-Frau, sondern auch als den Chorleiter seines Vaters? Das ist interessant.«

Die Kommissarin wollte auf diesen Punkt jetzt nicht näher eingehen, denn sie hatten nun das Lokal *Zum Schellfisch* erreicht. Dort bereitete man sich jetzt wahrscheinlich auf das Mittagsgeschäft vor. Als Antje ihr Rad gegen die Seitenwand lehnte, hörte sie ein klapperndes Geräusch hinter dem Gebäude. Sie gingen dorthin und fanden Keno Kajunga, der einige Kunststoffbehälter für Fische mithilfe eines Gartenschlauchs säuberte. Den unverkennbaren Geruch konnte er dadurch nur teilweise beseitigen.

Er trug eine zerschlissene Jeans und ein ärmelloses T-Shirt. Die Muskelpakete seiner tätowierten Arme konnte man unmöglich übersehen. Joris war schon in der Vergangenheit ein Kraftpaket gewesen, und die Zeit im Strafvollzug hatte diese Tendenz offenbar nur verstärkt. Er hielt in seiner Tätigkeit inne, wischte sich ein paar Haarsträhnen aus seiner breiten Stirn und warf den Polizisten aus seinen blassblauen Augen einen gereizten Blick zu.

»Was wollt ihr denn schon wieder hier? Müsst ihr kontrollieren, ob der Ex-Knacki keinen Unsinn macht?«

Antje ließ sich von seiner schroffen Art nicht aus dem Konzept bringen. Sie sagte: »Zunächst wollen wir dir zur vorzeitigen Haftentlassung gratulieren, Keno. So etwas ist immer ein gutes Zeichen. Und wir freuen uns, dass du Arbeit gefunden hast. Dein Bewährungshelfer meinte, dass du auf einem guten Weg bist. Er scheint sich nicht getäuscht zu haben.«

Keno trocknete sich die Hände mit einem Lappen ab und stützte sich auf einen Stapel Fischbehälter, wobei er ein ironisches Schnauben ausstieß. »Ihr seid doch bestimmt nicht hergekommen, um mir Honig ums Maul zu schmieren, Antje. Wenn ich bisher mit der Polizei zu tun hatte, gab es immer Ärger.«

»Wir reagieren nun mal allergisch, wenn jemand die Gesetze bricht«, warf Roland trocken ein.

Keno seufzte und erwiderte: »Ich habe früher eine Menge Mist gebaut, das weiß niemand besser als ich selbst. Aber meine Fehler werde ich nicht wiederholen. Denn wenn ich das tue, werde ich Olli bestimmt nie wiedersehen dürfen.«

Sobald Keno über seinen Sohn zu sprechen begann, wurde seine Stimme weich und sanft. Diese Veränderung fiel Antje sofort auf. Sie hatte diesen Mann meist als knorrig und ungehobelt erlebt. Doch an seiner Liebe für sein Kind bestand kein Zweifel. Das war zumindest die Meinung der Kommissarin.

»Wir müssen mit dir über Joris Niemann sprechen«, sagte sie.

Keno stieß ein ironisches Schnauben aus. »Hat dieser Lackaffe sich über mich beschwert? Ich schwöre, dass ich mich seinem Protzhaus nicht genähert habe. Es ist gar nicht so einfach, auf einer Insel wie Juist jemandem aus dem Weg zu gehen. Aber ich habe es geschafft, weil der Typ mir garantiert nur Ärger macht.«

»Bei uns hast du dich auch nicht sehen lassen, nachdem du aus der Justizvollzugsanstalt zurückgekehrt bist«, stellte Roland nüchtern fest.

Keno fragte: »Wundert ihr euch darüber? Glaubt ihr, ich lade euch auf ein Bier ein, nachdem ihr mich bei unserem letzten Treffen verhaftet habt?«

Antje nahm nicht an, dass der Ex-Häftling eine ernsthafte Antwort erwartete. Sie sagte: »Warum glaubst du, dass Joris dir Schwierigkeiten machen könnte?«

Keno zuckte mit den Schultern. »Gesa hat sich von seiner Kohle blenden lassen. Ich könnte ihr nie so ein Leben bieten, wie dieses reiche Bürschchen es tut. Und wenn Joris sich toll vorkommen will, muss er einfach nur auf so einem Versager wie mir herumtrampeln.«

»Das würdest du dir doch nicht gefallen lassen.«

»Doch, Roland. Inzwischen schon. Ich darf mir keine Sperenzchen mehr erlauben, allein schon wegen meinem Sohn.«

»Joris wird dir jedenfalls keine Scherereien mehr machen«, stellte Antje klar. »Er ist nämlich tot.«

Für einen Moment herrschte Stille, wenn man vom Kreischen der Möwen und dem Hufgetrappel von einem auf der Deichstraße vorbeifahrenden Fuhrwerk absah. Kenos Mienenspiel bot einen bemerkenswerten Anblick. Zunächst drückte sein Gesichtsausdruck Misstrauen aus. Vermutlich fragte er sich, ob die Polizisten ihn auf den Arm nehmen wollten. Dann, als Antje und Roland ernst blieben, konnte man bei ihm unverhohlene Schadenfreude erkennen. Dieses Gefühl schien der Kommissarin höchst glaubhaft zu sein, denn Kenos Abneigung gegen seinen Nachfolger war gewiss echt. Allmählich dämmerte dem Verdächtigen, aus welchem Grund die Beamten zu ihm gekommen waren. Nun sprach die Empörung aus ihm: »Ach, und ihr glaubt, ich hätte ihn umgelegt? Ist ja auch einfach, einem Ex-Knacki die Schuld in die Schuhe zu schieben.«

»Du hast doch gar keine Schuhe an.«

Der Kommissar deutete auf Kenos nackte Füße, mit denen er inmitten einer nach Fisch stinkenden Wasserlache stand.

»Sehr lustig, Roland! Ich habe damit nichts zu tun!«

Auf Kenos Stirn schwoll eine Zornesader. Antje konnte sich noch gut an die letzte Gelegenheit erinnern, als dies geschehen war. Sie und Roland hatten damals nur unter Auferbietung aller Kräfte den Tobenden zur Räson bringen und ihm Handschellen anlegen können. Doch Keno hatte offenbar wirklich dazugelernt.

Statt sich auf die Polizisten zu stürzen, atmete er tief ein und aus. Man konnte deutlich sehen, wie sich sein breiter Brustkorb hob und wieder senkte.

Die Kommissarin schlug einen beruhigenden Tonfall an: »Du wirst verstehen, dass wir Joris' Mörder finden müssen. Wann hast du Gesas neuen Ehemann denn zum letzten Mal lebend gesehen?«

»Ich bin ihm gar nicht über den Weg gelaufen, seit ich aus Lingen zurück bin«, behauptete Keno mit heiserer Stimme. Er fuhr fort: »Der Bewährungshelfer wird euch gesteckt haben, dass so ein Anti-Aggressionskurs hinter mir liegt. Da hab ich gelernt, brenzlige Situationen am besten zu vermeiden. Allein schon aus dem Grund wollte ich es vermeiden, Joris zu treffen. Die Gefahr wäre viel zu groß gewesen, dass ich ihm mal richtig die Meinung gesagt hätte.«

»Weil er dir deine Frau ausgespannt hat?«

»Ja, Roland. Und weil ich wegen dem ganzen Hickhack mein Sorgerecht für Olli verloren habe. – Joris hat sich hier auf Juist doch einfach überall breitgemacht. So ein junger Spund als Chorleiter der *Juist Sailors* – das hat es doch noch nie zuvor gegeben! Den Posten hat er nämlich nur gekriegt, weil er das nötige Kleingeld hat. Das ist ein offenes Geheimnis.«

Diese Behauptung erschien Antje glaubwürdig, doch darum ging es jetzt nicht. Sie hakte nach: »Also hast du dich zwischen gestern Nachmittag und heute früh nicht mit Joris verabredet?«

»Nee, ganz bestimmt nicht. Der Schleimer wäre so ungefähr der letzte Mensch gewesen, mit dem ich mich hätte treffen wollen. Da würde ich lieber mit dir und Roland ein Bier trinken gehen!«

»Das würden wir dir niemals zumuten wollen«, meinte der Kommissar grinsend.

Antje dachte über Kenos Worte nach. Waren seine Angaben glaubwürdig? Sie hielt ihn nicht für einen perfekten Manipulator, der in eine Rolle schlüpfen konnte wie in ein Karnevalskostüm. Die Nachricht vom Tod seines Rivalen schien ihn wirklich überrascht zu haben, obwohl seine Reaktion natürlich vor Gericht kein Beweis war. Mit seiner Abneigung gegen das Mordopfer hatte er nicht hinter dem Berg gehalten. Aber wenn Keno über Joris ein paar freundliche Worte verloren hätte, wäre dies extrem unglaubwürdig gewesen.

Auch umgekehrt wurde ein Schuh daraus: Aus welchem Grund hätte Joris sich mit seinem Vorgänger treffen sollen, dazu noch heimlich in der Küche der *Juister Kajüte*? Gab es ein Geheimnis, das sie beiden so unterschiedlichen Männer miteinander verbunden hatte? Und an Kenos mangelnder Impulskontrolle konnte es keinen Zweifel geben, zumindest war das in der Vergangenheit so gewesen. Vielleicht hatte er bei der Begegnung mit seinem Rivalen doch wieder die Kontrolle über sich verloren?

Antje musste Kenos Alibi überprüfen. Sie fragte: »Kann jemand bestätigen, wo du gestern so ab vierzehn Uhr gewesen bist?«

»Ja, sicher. Ich habe hier in der Restaurantküche gearbeitet, um zwanzig Uhr hatte ich Feierabend. Danach bin ich sofort nach Hause gegangen, hab mit meinen Eltern gegessen, noch etwas in die Glotze gestarrt und war dann kurz vor Mitternacht im Bett.«

Die Kommissarin machte sich Notizen. »Gut, das müssen wir überprüfen. Du kannst uns jederzeit anrufen, wenn dir noch etwas einfällt.« Sie gab ihm eine ihrer Visitenkarten.

»Hauptsache, ich kriege wegen Joris keinen Ärger«, murrte Keno. »Er hat bei mir schon zu Lebzeiten alles durcheinandergebracht, jetzt scheint er das sogar nach seinem Tod zu schaffen.«

Die Inselpolizisten gingen in das Fischlokal und befragten den Besitzer sowie den Koch und die Küchenhilfe. Alle bestätigten Kenos Alibi, allerdings nur bis zu seinem Arbeitsschluss. Laut seines Chefs und seiner Kollegen hatte der Verdächtige am Vortag weder aggressiv noch unruhig gewirkt. Er war einfach nur schweigsam seinen Tätigkeiten nachgegangen.

»Irgendwie habe ich jetzt Hunger gekriegt«, gestand Roland, als sie das Restaurant wieder verlassen hatten.

»Das geht mir genauso. Dann lass uns jetzt Mittagspause machen«, erwiderte Antje.

Die Kommissare fuhren zu *Frankies Grill* in der Strandstraße. Dort bestellte Antje Seelachsfilet mit Kartoffelsalat, ihr Kollege wollte einen Cheeseburger. Sie nahmen an einem der Stehtische im hinteren Bereich der gemütlichen Imbissstube Platz und warteten bei einem alkoholfreien Bier auf ihr Essen.

»Ich bin etwas ratlos, was Keno angeht«, gestand die Inselpolizistin leise. Es waren keine anderen Gäste in der Nähe, daher konnten die beiden bedenkenlos über ihren aktuellen Fall reden.

»Wir haben in der Vergangenheit erlebt, wie heftig unser Freund ausrasten konnte«, erinnerte Roland. Er fügte hinzu: »Aber Keno schien aus allen Wolken zu fallen, als er von Joris' Tod erfuhr. Gut, diese Reaktion hätte er uns auch vorspielen können.«

»Das ist richtig. Mir fällt bloß kein Grund dafür ein, dass Joris seiner Frau einen Flug nach Hamburg vorgaukelt und sich stattdessen heimlich mit seinem Vorgänger trifft. Hinzu kommt die Frage: Wo ist seine Aktentasche abgeblieben? Und was befand sich darin?«

Roland ging auf die Fragen nicht ein. Er sagte: »Wenn wir erst einmal den genauen Todeszeitpunkt kennen, können wir Kenos Alibi genauer abklopfen. Mich interessiert, ob er das Haus verlassen könnte, ohne dass seine Eltern etwas davon mitbekommen.«

»Das müsste möglich sein«, sagte Antje und erzählte: »Als er noch nicht in erster Ehe verheiratet war und bei Vater und Mutter wohnte, habe ich dort eine Hausdurchsuchung durchgeführt. Er stand im Verdacht, in einem Lokal in die Kasse gegriffen zu haben. Seine Schuld konnte nicht nachgewiesen werden, aber bei der Gelegenheit lernte ich die Örtlichkeiten kennen. Kenos ebenerdiges Jugendzimmer befindet sich ziemlich weit vom Schlafgemach seiner Eltern entfernt. Er könnte aus dem Fenster klettern und später wieder zurückkehren, ohne dass sie es merken.«

»Und wenn es im Schutz der Dunkelheit geschieht, würde auch den Nachbarn nichts auffallen«, mutmaßte ihr Kollege.

Wenig später waren ihre Speisen zubereitet, und die Inselpolizisten machten sich hungrig über ihre Mahlzeiten her. Roland tupfte sich die Lippen mit einer Papierserviette ab und sagte: »Wir sollten Wiebke ablösen, damit sie auch mal Pause machen kann.«

»Du scheinst ja sehr um ihr leibliches Wohl besorgt zu sein«, stichelte Antje. Im nächsten Moment hätte sie sich für diese Bemerkung am liebsten auf die Zunge gebissen, aber ihr Freund lachte unbeschwert.

»Niemand soll der Juister Polizei nachsagen, dass sie auswärtige Kolleginnen schlecht behandelt. Außerdem muss Wiebke regelmäßig essen, die ist doch schmal wie ein Hering!«

Willst du andeuten, dass ich zu dick bin? Bevor Antje sich in diesen Gedanken hineinsteigern konnte, klingelte zum Glück ihr Smartphone. Wenn die Polizeistation nicht besetzt war, wurden die Anrufe umgeleitet.

»Moin, Sie sprechen mit der Polizei Juist. Mein Name ist Fedder. Was können wir für Sie tun?«

»Antje, hier ist Gesa. Es geht um Keno. Ich weiß nicht, ob es wichtig ist, aber …«

Die Stimme der Witwe klang aufgeregt. Vielleicht war ihr noch etwas eingefallen, nachdem sie den ersten Schock überwunden hatte.

»Erzähle mir doch einfach, aus welchem Grund du anrufst«, bat die Kommissarin freundlich.

»Olli war doch gestern beim Fußballtraining. Und heute hat er beiläufig erwähnt, dass sein Vater – also Keno – aus der Ferne zugeschaut hätte. Ich will aus einer Mücke keinen Elefanten machen, aber mein Ex darf seinen Sohn eigentlich nur unter Aufsicht treffen, und deshalb …«

Gesa beendete den Satz nicht.

Antje hakte nach: »Um welche Uhrzeit war das?«

»Das Training ging bis fünf Uhr nachmittags, danach ist Olli direkt nach Hause gekommen. – Ich bin einfach besorgt, dass der Stress mit Keno wieder losgehen könnte.«

»Um deinen Ex-Mann kümmern wir uns, Gesa. Ich danke dir für den Hinweis.«

Mit diesen Worten beendete sie das Telefonat. Roland schaute seine Kollegin fragend an.

»Keno hat uns gerade frech ins Gesicht gelogen«, sagte sie.

Kapitel 4

Der Kommissar schüttelte nur den Kopf, als er vom Inhalt des Telefonats hörte.

»Hat Keno wirklich angenommen, dass wir sein Alibi nicht überprüfen würden?«

Antje machte eine unbestimmte Handbewegung. »Du weißt, dass er die Weisheit nicht gerade mit Löffeln verspeist hat. Außerdem schien Keno von der Todesnachricht wirklich überrascht worden zu sein. Dass wir ihn verdächtigen, konnte er sich denken. Wahrscheinlich ist ihm so schnell nichts Besseres eingefallen.«

»Falls er den Verdacht von sich ablenken wollte, ist diese Absicht jedenfalls gründlich schiefgegangen«, stellte Antjes Kollege fest.

Die beiden bezahlten ihr Mittagessen und verließen den Imbiss.

»Kenos Fingerabdrücke haben wir in der Datenbank, da wir ihn schon früher erkennungsdienstlich behandelt haben«, erinnerte die Kommissarin. »Ich schlage vor, dass du die Prints von Papa und von seinem Koch Philip Dykstra nimmst. Wenn wir sie als Vergleichsproben zusammen mit den Fingerabdrücken vom Tatort zum kriminaltechnischen Labor nach Oldenburg schicken, können wir hoffentlich fremde Spuren herausfiltern.«

»Falls der Mörder keine Handschuhe getragen hat«, schränkte Roland ein. Er fuhr fort: »Ja, ich fange gleich damit an. Und womit beschäftigst du dich inzwischen?«

»Ich löse unsere schlanke, sportliche Kollegin ab, damit sie Pause machen kann«, erwiderte Antje spitz.

»Ja, Wiebke hat wirklich eine gute Figur«, gab der Kommissar lächelnd zurück.

Antje runzelte die Stirn. Wollte er sie mit dieser Bemerkung provozieren? Sie hatte jedenfalls nicht vor, einen Streit vom Zaun zu brechen. Also sagte sie nur: »Wir sehen uns später auf der Dienststelle.«

Sie schwang sich auf ihr Rad und fuhr schnell Richtung Westbad, wie der breite Strand auf der Höhe des historischen Kurhauses genannt wurde. Antje nahm sich vor, mit ihrem Freund ein ernstes Wort zu reden – aber erst, wenn dieser Mordfall abgeschlossen war. Außerdem neigte sich die Hauptsaison im August bereits dem Ende zu, und Wiebkes Einsatz auf Juist würde ganz von allein enden. Bis dahin musste die Kommissarin irgendwie die Zähne zusammenbeißen und durfte sich nicht aus der Reserve locken lassen.

Sie stellte ihr Fahrrad vor dem ehemaligen Kurhaus ab. Das beeindruckende weiße Gebäude befand sich in unmittelbarer Strandnähe. Sie ging zwischen den Dünen hindurch zu dem breiten Sandstreifen hinunter und hielt nach ihrer jungen Kollegin Ausschau. Natürlich hätte Antje Wiebke auch einfach anfunken können, aber sie wollte sich unauffällig ein Bild davon machen, wie die Polizeimeisterin auf sich allein gestellt so arbeitete.

Die Kommissarin stapfte ein Stück weit durch den weichen hellen Sand, bis sie Wiebke erblickte. Die junge Polizistin stand in der Nähe des Spülsaums. Sie hatte Antje den Rücken zugekehrt und sprach mit einem breitschultrigen braungebrannten Mann, der nur mit Bermudashorts bekleidet war. Am Gesichtsausdruck des Badegastes konnte Antje erkennen, dass er mit ihrer Kollegin flirtete. Sie trat zu den beiden, wobei sie eine ernste dienstliche Miene aufsetzte. Wiebkes Verehrer sagte lächelnd: »Nun will ich nicht länger stören … wir sehen uns ja gewiss noch.«

Er zwinkerte der Polizeimeisterin zu und entfernte sich mit raumgreifenden Schritten. Wiebke deutete mit einer Kopfbewegung auf ihn und behauptete: »Der Herr wollte eine Auskunft.«

Wahrscheinlich deine Telefonnummer, dachte Antje. Sie fragte: »Gab es besondere Vorkommnisse?«

»Nee, es ist alles ruhig. Die meisten Urlauber verhalten sich anscheinend sehr gesittet.«

»Ja, mit Sauftourismus haben wir auf Juist weniger Probleme als anderswo. Hier finden die Straftaten eher im Verborgenen statt.«

»So wie in der Lokalküche deines Vaters, nicht wahr? Seid ihr schon weitergekommen?«

»Wir haben einen Verdächtigen, aber ich bin von seiner Schuld noch nicht hundertprozentig überzeugt. Außerdem hatte das Opfer etwas zu verbergen«, erklärte Antje und berichtete ihrer Kollegin von dem vorgeschobenen Flug nach Hamburg.

»Woher wissen wir, ob Joris gelogen hat?«, gab Wiebke zu bedenken. »Es wäre auch möglich, dass er tatsächlich per Flugtaxi aufs Festland wollte und spontan daran gehindert wurde – durch seinen späteren Mörder beispielsweise.«

Die Kommissarin ärgerte sich, weil ihr diese Variante nicht selbst eingefallen war.

»Das ist ein guter Ansatz«, musste sie zugeben. »Du kannst jetzt deine Pause nehmen, ich löse dich hier am Strand ab, Wiebke. – Wie wäre es, wenn du danach zum Flugplatz fährst und dich nach dem Charterpiloten erkundigst, mit dem Joris hätte fliegen sollen? Oder hat eine solche Buchung gar nicht stattgefunden? Darüber wüsste ich auch gern Bescheid. Und falls Joris gestern wirklich am Flughafen aufgetaucht ist – hatte er Aktentasche und Fahrrad dabei? Beide Gegenstände sind nämlich verschwunden.«

»Das erledige ich«, erwiderte die Polizistin eifrig. »Ich genehmige mir nur schnell einen Smoothie, dann schnappe ich mir mein Rad und düse los!«

Mit diesen Worten wandte sie sich ab und eilte davon. Antje schaute ihr nach. Sie war irritiert. Obwohl Wiebke es offensichtlich auf Roland abgesehen hatte, schaffte die Kommissarin es nicht, ihre Kollegin unsympathisch zu finden. Wiebke war aufmerksam, sie dachte mit, meldete sich freiwillig für Aufgaben und nahm ganz allgemein ihre Arbeit sehr ernst.

Vielleicht verknallt sie sich ja in diesen Bermudashorts-Menschen, das wäre die beste Lösung.

Dieser Gedanke spukte Antje kurz durch den Kopf, während sie mit ihrem Rundgang am Strand begann. Der Anblick einer uniformierten Polizistin sollte den Urlaubern ein Gefühl von Sicherheit vermitteln, und das funktionierte meistens auch. Dass sich manche Touristen mit seltsamen Fragen an die Kommissarin wandten, war sie gewohnt. Und manche Dinge auf Juist waren wirklich nicht leicht zu begreifen – zum Beispiel, warum es eine Bahnhofstraße, aber keinen Zugverkehr gab. In diesem Fall lautete die Antwort, dass es in früheren Zeiten wirklich eine Inselbahn gab, die aber in den Achtzigerjahren des vorigen Jahrhunderts stillgelegt wurde.

Die Kommissarin ging noch einmal die bisher bekannten Fakten durch.

Warum hatte Joris den Flug zum Festland nicht angetreten? Und wen hatte er in der Küche des Lokals getroffen?

Antjes Meinung nach waren das die entscheidenden Fragen, die zur Aufklärung des Mordes führen konnten. Außerdem wäre es hilfreich, wenn ihr Vater sich daran erinnern könnte, ob die Küchentür abgeschlossen gewesen war oder nicht. Sie beschloss, sich so bald wie möglich noch einmal Keno vorzuknöpfen. Er verfügte immerhin über ein glasklares Motiv. Vielleicht hatte es Joris nicht gepasst, dass sein Vorgänger auf die Insel zurückgekehrt war. Antje kannte Kenos Temperament. Sie konnte sich gut vorstellen, dass eine heimliche Aussprache zwischen den beiden Männern völlig aus dem Ruder gelaufen war.

Auf ihrer Patrouille hatte die Inselpolizistin nun *Siggis Strandbar* erreicht. Das war ein kleiner mobiler Bretterverschlag mit einigen Sonnenschirmen und Liegestühlen, der während der Sommersaison am Ostbad aufgebaut wurde und mit dem Herbstbeginn wieder im Geräteschuppen von Siegmund Schaller verschwand. Eine junge blonde Frau kam auf Antje zugeeilt. Sie war barfuß, trug Jeansshorts, eine Schürze und ein rotes T-Shirt sowie eine Baseballkappe. Die Inselpolizistin kannte die Blonde vom Sehen, sie war eine der zahlreichen Jobberinnen, die während des Sommers Gastronomie und Hotellerie in Gang hielten.

Sie warf verstohlene Blicke nach links und rechts – so, als ob sie sich beobachtet fühlte.

»Sie sind doch bei der Polizei, oder?«

Mit diesen Worten sprach sie die Kommissarin an. Da Antje Uniform trug, war die Frage eigentlich überflüssig. Doch sie wusste aus Erfahrung, dass viele Menschen erst einmal einen Einstieg brauchten, wenn sie etwas melden wollten. Also antwortete sie schlicht mit: »Ja.«

Die Melderin senkte die Stimme. Wegen der lauten Musik, dem Lachen der Kinder und dem Kreischen der Möwen waren ihre folgenden Sätze nur schwer zu verstehen.

»Es geht um den Toten aus der *Juister Kajüte* … vielleicht kenne ich den Täter … es würde ihm ähnlichsehen …«

Antje horchte auf. »Woher wissen Sie, dass sich dort etwas ereignet hat?«

Die Blonde ging auf die Frage nicht ein. Stattdessen sagte sie: »Nicht hier, ich muss gleich weiterarbeiten. Kann ich später zur Polizeistation kommen?«

»Ja, natürlich. Verraten Sie mir Ihren Namen?«

Die junge Frau zögerte kurz, bevor sie wieder den Mund öffnete.

»Karen Zäuner. – Bitte verraten Sie niemandem, dass Sie mit mir gesprochen haben.«

Dann solltest du nicht am Strand vor aller Augen mit mir Kontakt aufnehmen, dachte Antje. Sie wusste aus Erfahrung, dass es manchen Leuten extrem schwerfiel, um Hilfe zu bitten. Wenn sie es dann taten, geschah es oft spontan und ohne einen zweiten Gedanken an mögliche Konsequenzen. Vielleicht war Karen Zäuner genau so ein Mensch.

»Natürlich bin ich diskret, aber mit meinen Kollegen werde ich darüber reden. Sie können mich auch anrufen, wenn Ihnen das lieber ist.«

Mit diesen Worten gab Antje der Blonden eine ihrer Visitenkarten. Karen Zäuner steckte sie schnell ein.

»Danke. – Wir sehen uns später!«

Sie drehte sich um und ging zur Strandbar zurück, wo sie in der Bretterhütte verschwand. Karen war entweder eine Küchenhilfe oder stand hinter der Theke, um durstige Kehlen mit Cocktails und kaltem Bier zu versorgen. Wenn sie erst nach Feierabend kommen konnte, würden die Inselpolizisten sich in Geduld üben müssen.

Antje musste sich jedenfalls nicht fragen, woher Karen Zäuner von dem Toten in der Lokalküche wusste. Seit dem Leichenfund waren inzwischen einige Stunden vergangen, und auf einer kleinen Insel wie Juist verbreiteten sich Neuigkeiten mit beachtlicher Geschwindigkeit. Bereits vor Erfindung des Internets waren die Einwohner über die jeweils aktuellen Ereignisse auf dem »Töwerland« schon lange informiert, bevor etwas darüber in der Tageszeitung stand.

Die Kommissarin beendete ihre Runde am Strand, ohne irgendwo eingreifen zu müssen. Sie sprach noch kurz mit den Rettungsschwimmern, dann kehrte sie zu ihrem Rad zurück und fuhr zur Polizeistation.

Dort saß Roland an seinem Schreibtisch und bearbeitete fleißig die Tastatur seines PCs. Wiebke hielt sich scheinbar noch am Flugplatz auf, jedenfalls glänzte sie durch Abwesenheit. Antje warf ihre Mütze schwungvoll auf den Kleiderhaken. Bevor sie etwas sagen konnte, sprach ihr Kollege sie an: »Ich habe jetzt einen überzeugenden Grund dafür gefunden, dass Joris gar nicht in Hamburg gewesen ist!« Die Kommissarin warf ihm einen fragenden Blick zu. Roland fuhr fort: »Er ist gar kein Versicherungsmakler!«

Kapitel 5

Mit dieser Information hatte die Inselpolizistin nicht gerechnet. Sie stieß langsam die Luft aus den Lungen und bat: »Das musst du mir bitte näher erklären.«

»Mit dem größten Vergnügen«, erwiderte Roland. Er fuhr fort: »Ich wollte mir eigentlich nur einen Überblick verschaffen, um eine Vorstellung von seinen Einnahmen zu bekommen. Bei Sachversicherungen von Schiffsladungen geht es ja um viel Geld, wie du weißt. Auf den ersten Blick sah alles sehr seriös aus. Ich fand auf seiner Homepage zahlreiche Referenzen von renommierten Reedereien, auch beim Berufsverband tauchte sein Name auf. Doch mein Bauchgefühl brachte mich dazu, tiefer zu graben.«

»Wie hast du das angestellt?«, wollte die Inselpolizistin wissen.

Roland erwiderte: »Ich dachte mir, dass die Spezialisten beim Landeskriminalamt gewiss über die Mittel verfügen, um einen möglichen Betrug zu durchschauen. Also bat ich sie darum, Joris' angebliche Identität genau zu durchleuchten. Das Ergebnis war eindeutig: Seine seriöse Fassade ist nur schöner Schein. Aber laut den Kollegen wurde der Schwindel so raffiniert in Szene gesetzt, dass nur hochkarätige Hacker dahinterstecken können. Ein Laie, der nicht beim Landeskriminalamt arbeitet, hätte Joris nie durchschaut. Wir reden also höchstwahrscheinlich von einer Verbindung zum organisierten Verbrechen.«

Es entstand eine kurze Pause. Antje dachte laut nach: »Ob Gesa weiß, womit Joris in Wirklichkeit sein Geld verdient hat? Wenn er in illegale Machenschaften verwickelt war, hat er dies garantiert vor seiner Frau verheimlicht.«

»Weil sie kein Geheimnis für sich behalten kann?«

»Ja, Roland. Ich kenne Gesa schon lange. Sie hat einen großen Freundes- und Bekanntenkreis, ihr Sohn ist im

Fußballverein und Joris war bekanntlich bei den Juist Sailors aktiv. Sie selbst arbeitet ehrenamtlich in der Kirchengemeinde mit. Sie ist mit der halben Insel per Du. Wenn ich etwas zu verbergen hätte, würde ich mich Gesa ganz gewiss nicht anvertrauen.«

»Ich habe schon bei der Staatsanwaltschaft beantragt, dass wir Einsicht in Niemanns Konten nehmen dürfen«, berichtete der Kommissar. Er fügte hinzu: »Wenn wir wissen, woher seine Einnahmen stammen, sind wir hoffentlich schon ein Stück weiter.«

»Auf jeden Fall müssen wir sowohl Gesa als auch Keno noch einmal kontaktieren«, stellte Antje fest. Sie erhob sich von ihrem Bürostuhl.

Roland erwiderte: »Gut, dann gebe ich Wiebke Bescheid, wo wir abgeblieben sind.«

Er griff zum Funkgerät. Der Kommissarin lag die Bemerkung auf der Zunge, dass ihr Freund gegenüber der neuen Kollegin schon sehr anhänglich geworden wäre. Aber sie hielt lieber den Mund. Es widersprach ihrem insel-friesischen Temperament, eine lautstarke und hysterische Szene zu machen.

»Wiebke? Ich wollte dich nur darüber informieren, dass Antje und ich noch einmal zwei Personen im Zusammenhang mit dem Todesfall befragen. ... Ah, du bist noch am Flugplatz? ... Gut, dann tauschen wir uns später aus. Und denk bitte an die andere Sache, du weißt schon.«

Roland beendete den Funkkontakt. Bei Antje schrillten die Alarmsirenen. Sie versuchte, sich nichts anmerken zu lassen, und wich dem Blick ihres Kollegen aus. Was für eine andere Sache? Ganz offensichtlich hatten Roland und Wiebke Heimlichkeiten, von denen sie nichts wissen sollte. Aber hielt der Kommissar seine Freundin wirklich für so naiv, dass er in ihrer Gegenwart solche Andeutungen machte?

Antje beschloss, wachsam zu bleiben und sich nichts anmerken zu lassen.

»Lass uns zunächst mit Keno reden«, schlug sie vor. »Ich kann es nicht ausstehen, wenn man mich anlügt.«

Beim letzten Satz schaute die Inselpolizistin ihrem Freund besonders tief in die Augen. Roland nickte und erwiderte: »Ja, gerade Keno Kajunga sollte den Ball flachhalten, allein schon wegen seiner Vorstrafen.«

Der Kommissar reagierte nicht auf ihren Wink mit dem Zaunpfahl, was sie bei genauerem Nachdenken nicht verwunderte. Roland verfügte eben über ein sonniges Gemüt und nahm das Leben vorzugsweise von der lockeren Seite.

Besonders, wenn eine schlanke junge Kollegin in der Nähe ist, dachte Antje verdrossen. Die beiden fuhren zu dem Fischrestaurant und betraten es durch die Küchentür. Keno flitzte zwischen Spülbecken und Kühlraum hin und her. Sein Kopf war knallrot, was angesichts der Hitze und Feuchtigkeit kein Wunder war. Der Koch und der Beikoch schienen über das Erscheinen der Polizisten nicht begeistert zu sein. Es herrschte offenbar großer Produktionsstress.

»Ihre Spülhilfe muss mal eben eine Zigarettenpause machen!«, forderte Roland, wobei er dem Küchenmeister direkt in die Augen blickte.

»Ich rauche nicht!«, protestierte Keno.

»Es geht um Olli«, erklärte Antje. Sie musste den Sohn des Verdächtigen nur kurz erwähnen, um ihn einlenken zu lassen. Keno redete mit Engelszungen, damit sein Chef ihm eine kurze Auszeit gewährte. Der Koch ließ sich erweichen, und Keno trat mit den Polizisten auf den Hof hinaus.

»Ich darf diesen Job nicht verlieren, sonst kriege ich Ärger mit meinem Bewährungshelfer!«, behauptete Keno mit vorwurfsvollem Unterton.

»Zuvor machen wir dir Probleme, weil dein Alibi nichts taugt!«, fauchte Antje. »Es gibt zumindest eine Lücke. Du hast uns nämlich nicht erzählt, dass du deinem Sohn beim Fußballtraining zugesehen hast.«

Roland ergänzte: »Und wir wissen nicht, wie viel Zeit du unbeobachtet verbringen konntest – zum Beispiel, um Joris zu erstechen.«

»Ich habe dem Lackaffen nichts getan, selbst wenn ich es gewollt hätte! Es war doch klar, dass der Verdacht sofort auf mich fallen würde.«

»Damit hast du recht«, stimmte Antje zu. »Andererseits war Selbstbeherrschung noch nie deine starke Seite, Keno. Vielleicht sind bei dir die Sicherungen durchgebrannt, als dir dein Nachfolger gegenüberstand.«

»So bin ich nicht mehr«, beteuerte der Verdächtige. »Im Anti-Aggressionstraining habe ich gelernt, brenzligen Situationen auszuweichen. Und wenn das nicht geht, soll ich meinen Atem kontrollieren, etwa so.«

Keno begann damit, konzentriert Luft in seine Lunge zu ziehen, wobei sich sein breiter Brustkorb deutlich ausdehnte. Die Zornesader auf seiner Stirn konnte man unmöglich übersehen. Die Befragung brachte ihn auf die Palme, daran gab es keinen Zweifel. Doch im Gegensatz zu früheren Gelegenheiten verlor er nicht die Beherrschung.

»Mein Junge fehlt mir«, brachte Keno mit gepresst klingender Stimme hervor. »Ich habe mich damit abgefunden, dass ich ihn nur unter Aufsicht treffen darf. Und ich will alles tun, damit sich die Dinge wieder einrenken. Aber gestern habe ich ihm einfach nur aus sicherer Entfernung beim Training zugeschaut. Das ist doch kein Verbrechen!«

»Du solltest in Zukunft der Polizei besser die Wahrheit sagen, wenn du dir unnötige Schwierigkeiten ersparen willst«, riet die Kommissarin. Sie fuhr fort: »Weißt du eigentlich, womit Joris sein Geld verdient hat?«

Der Spülhelfer fuhr sich mit den Handflächen über sein verschwitztes Gesicht. Dann sagte er: »Gesas neuer Kerl war doch so ein Versicherungsfritze, oder? Meine Ex ist eine liebe Frau, aber sie hat sich von seiner Kohle blenden lassen. Joris machte immer auf dicke Hose, warf mit den Scheinchen nur so um sich. Kein Wunder, dass die halbe Insel ihm zu Füßen lag. Überall hat er sich eingeschleimt, Antje. – Du weißt doch wohl, warum Joris Chorleiter geworden ist?«

Die Polizistin schüttelte den Kopf.

»Joris hat die Schulden seines Schwiegervaters bezahlt. Als Gegenleistung behauptete der alte Roelfs, dass ihm die Verantwortung für die Juist Sailors zu viel werden würde. Sein Wort gilt noch etwas bei den Sangesbrüdern. Als Roelfs seinen Schwiegersohn als neuen Chorleiter vorschlug, gab es keinen Widerstand. Aber so manchem Veteranen wird es nicht recht gewesen sein, auf das Kommando dieses Grünschnabels hören zu müssen.«

»Du bist doch selbst noch jung«, warf Roland ein.

»Aber ich muss nicht nach Joris' Pfeife tanzen. – Hört mal, darf ich wieder in die Küche? Mein Arbeitsplatz steht auf dem Spiel.«

»Na schön, ab mit dir. Aber versprich mir, dass du bei der Wahrheit bleibst.«

Keno beantwortete Antjes Forderung mit einer halbherzig klingenden Entschuldigung, dann eilte er in das Restaurant zurück. Die Polizisten verließen das Restaurantgelände und stiegen wieder auf ihre Räder.

»Joris wird seinem Rivalen garantiert nicht unter die Nase gerieben haben, womit er seine Brötchen verdient«, mutmaßte Roland. Er fügte hinzu: »Und schon gar nicht, wenn es um Straftaten ging.«

»Da bin ich ganz deiner Meinung. Die Frage lautet trotzdem, ob Keno weiterhin unter Tatverdacht steht oder nicht«, sagte Antje.

»Sein Alibi wackelt. Wir müssen abwarten, wie stark die Gerichtsmedizin den Todeszeitpunkt eingrenzt. Wenn der tödliche Stich ausgeführt wurde, während Keno noch die Spülbürste schwang, ist er aus dem Schneider.«

Während dieses Wortwechsels erreichten die Kommissare wieder die Cirksenastraße und läuteten noch einmal an Niemanns Haustür. Gesa öffnete. Sie trug ein schwarzes Kleid und hatte eine ernste Miene aufgesetzt. Antje war trotzdem nicht sicher, was sie von der Trauer dieser Frau halten sollte. Natürlich ging jeder Mensch anders mit dem Verlust einer geliebten Person um. Trotzdem hatte die Kommissarin das Gefühl, dass Gesa die Rolle der trauernden Witwe nur spielte. Und zwar, weil es von ihr verlangt wurde.

»Kommt rein«, sagte Frau Niemann mit tonloser Stimme. »Meine Eltern sind erschienen, um mir beizustehen.«

Die Ermittler folgten ihr ins Wohnzimmer. Dort saßen Marieke und Hajo Roelfs auf dem Sofa. Antje kannte beide von Kindesbeinen an. Gesas Vater war ein Klassenkamerad von Tjark Fedder. Roland lebte zwar noch nicht so lange auf Juist, war aber dem älteren Ehepaar schon öfter begegnet. Das blieb auf einer kleinen Insel einfach nicht aus. Die Kommissare bekundeten ihr Beileid, doch dann kam Antje sofort auf den Fall zu sprechen: »Joris wollte gestern angeblich nach Hamburg fliegen, doch das hat er nicht getan. Wisst ihr, aus welchem Grund er auf Juist geblieben ist? Oder mit wem er sich im Lokal meines Vaters treffen wollte?«

Während sie diese Frage stellte, musterte sie die Witwe und deren Eltern genau. Die Roelfs waren einfache und ehrliche Menschen. Antje konnte sich nicht vorstellen, dass sie in dubiose Geschäfte verwickelt waren. Es kam ihr viel wahrscheinlicher vor, dass Joris die Fassade des ehrlichen Versicherungsmaklers auch gegenüber seiner eigenen Familie aufrechterhalten hatte. Daher erwartete sie keine brauchbare Antwort.

Hajo Roelfs schüttelte nur den Kopf. Und seine Frau sagte: »Der Junge hatte ja immer so viel um die Ohren. Vielleicht ist sein Termin in letzter Minute geplatzt, das kam öfter vor.«

»Wir haben Hinweise darauf, dass Joris gar nicht in der Versicherungsbranche gearbeitet hat.«

Nachdem Antje diesen Satz gesagt hatte, hätte man eine Stecknadel auf den Boden fallen hören können. Die Angehörigen des Mordopfers schauten die Polizisten mit einer Mischung aus Verwirrung und Ärger an. Hajo Roelfs brach als Erster das Schweigen. Er war ein kräftiger, braungebrannter Mann im Rentenalter mit einem schneeweißen Haarkranz.

»Was soll das bedeuten?«

»Wir wissen es nicht«, gab die Kommissarin zu. »Ich hatte gehofft, von euch eine Auskunft bekommen zu können.«

Gesa fauchte: »Das ist völliger Blödsinn! Woher soll Joris denn sein gutes Einkommen erhalten haben? Ein Blick ins Internet würde euch beweisen, dass er ein seriöser Makler mit besten Geschäftskontakten zu großen Reedereien ist. Du, Antje, solltest dich lieber fragen, aus welchem Grund mein Ehemann ausgerechnet in der Küche deines Vaters ums Leben kam!«

Dieser Ausbruch traf die Inselpolizistin völlig unvorbereitet. Sie fragte: »Wie meinst du das?«

»Spiel doch bitte nicht die Unschuld vom Lande!«, höhnte Gesa. »Es ist kein Geheimnis, dass dein Vater Joris nicht ausstehen konnte. Ich war selbst einmal anwesend, als Tjark meinen Mann als *hochnäsigen Schnösel* beschimpft hat!«

Antje musste zugeben, dass ihrem Vater eine solche Beleidigung durchaus zuzutrauen war. Als ehemaliger Seemann nahm er kein Blatt vor den Mund. Und Joris Niemann war gewiss nicht die Art von Mann gewesen, die Tjark Fedder sympathisch fand. Aber aus diesem Grund ihren Vater mit dem Messermord in seinem Lokal in Verbindung zu bringen, war völlig unangebracht!

Bevor die Kommissarin richtig sauer werden konnte, rettete Roland die Situation. Er sagte: »Wir gehen jedem Hinweis nach, dabei wird niemand außen vor gelassen. Sobald es Neuigkeiten gibt, melden wir uns wieder.«

Mit diesen Worten drängte er seine Kollegin sanft nach draußen. Als sie wieder auf der Straße standen und außer Hörweite des Hauses waren, machte Antje ihrem Ärger Luft: »Witwe oder nicht – wie kann sie es wagen, Papa zu verdächtigen? Die spinnt wohl!«

»Ich halte es eher für ein gutes Zeichen, dass Gesa so handelt.«

Die Kommissarin glaubte, sich verhört zu haben. Aber Roland fuhr schnell fort: »Überleg doch mal, Antje. Erst ruft Gesa uns an, um den Verdacht auf ihren Ex-Mann zu lenken. Kenos heimlicher Ausflug zum Fußballplatz ist für sich genommen ja nun wirklich völlig harmlos. Da muss man keinen Zusammenhang mit dem Mord sehen. Und als Nächstes versucht sie, deinen Vater anzuschwärzen. Dahinter steckt System, oder?«

Nun erkannte sie, worauf ihr Kollege hinauswollte. Antje war nur im ersten Moment von Gesas Vorwurf zu geschockt gewesen, um klar denken zu können.

»Du hast recht, mein Lieber. Die Witwe ist nicht so unschuldig, wie sie tut. Vielleicht weiß sie über die Machenschaften ihres verstorbenen Gatten genau Bescheid. Und sein Tod schien sie nicht völlig unvorbereitet zu treffen. Ihre Trauer kam mir unecht vor, das habe ich dir schon erzählt.«

Roland grinste und sagte: »Während Gesas Reaktion auf das ›Berufsgeheimnis‹ ihres Mannes ziemlich glaubwürdig wirkte, nicht wahr?«

Die Kommissarin nickte. Es war schön, dass sie und ihr Kollege sich bei der Ermittlung wieder sinnbildlich gesprochen die Bälle zuwerfen konnten.

Es ist so wie früher – bevor Wiebke zwischen uns stand.

Antje schämte sich für diesen Gedanken. Zum Glück klingelte in diesem Moment ihr Smartphone, sodass sie sich nicht näher damit befassen konnte. Sie meldete sich mit Namen und Dienstgrad. Ihr Vater war am Apparat.

»Ich habe mir jetzt lange den Kopf zerbrochen, Kleines. Und ich bin hundertprozentig sicher, dass die Küche abgeschlossen war, als ich die Leiche fand.«

»Danke, Papa. Du kommst ja später wegen deiner schriftlichen Aussage sowieso noch bei uns vorbei, richtig?«

»Ja, sicher. Wir sehen uns dann.«

Sie steckte das Telefon wieder weg und berichtete ihrem Kollegen, was Tjark gesagt hatte.

»Nun verwandelt sich unser Mordfall auch noch in ein *closed room mystery*«, stellte Roland seufzend fest. »Das Opfer lag in einem abgeschlossenen Raum? Sherlock Holmes hätte seine wahre Freude daran gehabt.«

Antje schüttelte den Kopf. »Die Lösung des Rätsels könnte dadurch sogar vereinfacht werden. Es gibt ja nur eine begrenzte Anzahl von Schlüsseln zu der *Juister Kajüte*.«

Kapitel 6

Als die Inselpolizisten zur Wache zurückkehrten, traf auch Wiebke gerade ein. Antje schaute auf die Uhr. Entweder hatte die junge Kollegin besonders lange Pause gemacht oder ihre Recherchen am Flugplatz waren aufwendig gewesen. Die Kommissarin musste sich zurückhalten, um keine spitze Bemerkung vom Stapel zu lassen.

»Es gibt Neuigkeiten!«, platzte die Polizeimeisterin heraus, sobald sie alle das Wachlokal betreten hatten. Sie fuhr fort: »Ich konnte mit Ansgar Fiebe sprechen.«

»Wer ist das?«, fragte Roland.

Antje beantwortete anstelle von Wiebke die Frage: »Ein Charterpilot, der seit Jahren auch Juist anfliegt. Er ist ein schweigsamer, mürrischer Kerl. Ich wundere mich, dass du ihm Informationen entlocken konntest.«

»Ich habe ein wenig mit ihm geflirtet«, gab die junge Polizistin unumwunden zu.

Das ist ja deine Spezialität, dachte die Kommissarin grimmig. Wiebke sagte: »Zuerst war Fiebe wirklich etwas zugeknöpft. Aber nachdem ich Interesse an seinem Flugzeug geheuchelt habe, taute er auf. Manche Männer kommen richtig in Fahrt, wenn sie sich über technische Finessen eines Motors auslassen können.«

»Hoffentlich konntest du Fiebe auch etwas Brauchbares entlocken, das unsere Ermittlungen weiterbringt«, meinte Antje.

»Dazu komme ich jetzt«, erwiderte Wiebke und fuhr fort: »Laut Fiebes Aussage war für gestern kein Flug mit Joris Niemann vorgesehen. Er hat mir sogar seinen elektronischen Terminkalender gezeigt. In den vergangenen drei Wochen ist Fiebe zweimal mit Niemann nach Hamburg geflogen und hat ihn auch wieder jeweils am selben Tag zurückgebracht. Und Niemann hatte immer seine Akten-tasche dabei.«

»Könnte Joris Niemann nicht gestern mit einem anderen Charterpiloten unterwegs gewesen sein?«, fragte Roland.

»Theoretisch schon, aber dann wäre dieser Flug beim Tower eingetragen worden. Es gab am gestrigen Tag überhaupt keine Charterflüge von Juist aus.«

»Und was ist mit den Linienmaschinen?«, gab Antje zu bedenken. »Die Inselflieger steuern zwar nur den Flugplatz von Norddeich an, aber von dort aus kann man sich schließlich auch weiter Richtung Hamburg bewegen.«

»Ich habe mich natürlich auch danach erkundigt«, sagte die Polizeimeisterin. »Es wurde kein Ticket für Joris Niemann ausgestellt. Er hat seine Frau ganz offensichtlich angelogen. Es war nie seine Absicht, am gestrigen Tag in die Hansestadt zu reisen.«

»Wenn wir jetzt noch wüssten, womit Joris wirklich sein Geld verdient hat, dann wäre das sehr hilfreich«, seufzte die Kommissarin.

»Fiebe hat erzählt, dass Niemann in Hamburg stets von einem asiatisch aussehenden Herrn in einem Mietwagen der Oberklasse abgeholt wurde«, berichtete Wiebke. »Und Niemann hat seinem Bekannten stets die Aktentasche übergeben. Wenn Fiebe dann einen halben Tag später mit ihm nach Juist zurückgekehrt ist, hatte er die Tasche wieder dabei.«

»Also könnte der Inhalt der Tasche den Besitzer gewech-selt haben«, dachte Roland laut nach.

»Wir wissen, an welchen Tagen Niemann in letzter Zeit in Hamburg war«, stellte Wiebke fest. »Vielleicht könnten wir die dortigen Kollegen bitten, den Namen dieses asiatischen Bekannten herauszufinden.«

»In einer Hafenstadt wie Hamburg gibt es erheblich mehr Asiaten als auf Juist, aber einen Versuch ist es wert«, erwiderte Antje. Sie fügte hinzu: »Ich möchte zu gern wissen, was dieser Mietwagenmensch mit Joris zu schaffen hatte.«

»Jedenfalls war das sehr gute Arbeit, Wiebke«, lobte Roland. »Ich werde gleich mal beim Hamburger Polizeipräsidium anrufen.«

Er griff zum Telefonhörer. Antje stand auf und wandte sich an die junge Kollegin: »Und wir beide schauen uns jetzt in der Umgebung der *Juister Kajüte* genauer um«, ordnete sie an. »Irgendwo müssen ja Niemanns Fahrrad und seine Aktentasche abgeblieben sein.«

Die Kommissarin hatte wirklich vor, nach diesen Dingen zu suchen. Oft erwiesen sich Indizien als objektive Zeugen. Das Urteil von Menschen konnte durch zahlreiche Umstände getrübt werden. Doch Fingerabdrücke oder DNA-Spuren auf einem Gegenstand ließen sich nicht missverstehen. Sie waren vorhanden, ob man dies nun gut fand oder nicht.

Außerdem wollte Antje die Gelegenheit nutzen, um mit Wiebke unter vier Augen zu sprechen – sozusagen von Frau zu Frau. Es passte ihr nicht, dass die Polizeimeisterin und Roland hinter ihrem Rücken mauschelten. Aber die junge Kollegin hatte die Ermittlung zweifellos vorangetrieben. Es konnte der Eindruck entstehen, dass Antje nicht nur wegen Roland, sondern auch wegen des beruflichen Erfolgs eifersüchtig war. Also hielt sie lieber erst einmal den Mund. Die beiden Polizistinnen ließen ihre Fahrräder stehen. Tjark Fedders Lokal befand sich an der Strandpromenade, die zwischen den Dünen hindurch parallel zu den breiten Hauptstränden der Insel verlief. Hier gab es leider zu viele Möglichkeiten, ein Fahrrad und eine Aktentasche für immer verschwinden zu lassen.

»Wenn wir nur wüssten, wo der Mörder das Rad und die Tasche losgeworden ist«, seufzte Wiebke. »Es ist doch

logisch, dass der Täter die beiden Gegenstände verschwinden ließ, oder?«

»Ja, warum hätte Joris selbst es tun sollen? Das Rad hat er
immer gebraucht, wenn er auf Juist war. Und warum sollte
er die Aktentasche loswerden, die bei seinen Hamburg-Trips
immer zum Einsatz kam?«

»Vielleicht ist der Inhalt so wertvoll, dass der Mann
deshalb ermordet wurde«, mutmaßte die Polizeimeisterin.

»Das ist pure Spekulation!«, blaffte Antje. Sie hatte sich
nun lange genug beherrscht, wie sie selbst fand. Sie war ein
geduldiger Mensch, aber Wiebke schien voller Freude im
Revier der Inselpolizistin zu wildern. Dass sie mit ihrer
Annahme recht haben konnte, machte die Sache nicht
besser.

Wiebke erschrak sichtlich über die heftige Reaktion. Sie
sagte: »Entschuldige bitte, ich wollte nicht vorlaut sein. Mir
ist bewusst, dass du einen höheren Rang hast und ich noch
viel lernen muss.«

Antje murmelte eine unverständliche Antwort. Daraufhin
herrschte zunächst Funkstille zwischen den beiden. Sie
durchkämmten eine Stunde lang das Areal zwischen
Strandpromenade und dem Haus des Kurgastes, bevor sie
nach erfolgloser Suche wieder bei der *Juister Kajüte*
eintrafen. Die junge Kollegin zeigte auf den Holzverschlag
hinter dem Lokal: »Was ist eigentlich in dem Schuppen?«

»Mein Vater bewahrt darin leere Bierkisten und anderen
Krimskrams auf«, antwortete die Kommissarin. »Warum
fragst du – willst du dort nachsehen?«

Wiebke hob die Schultern.

»Wahrscheinlich finden wir dort nichts, aber dann waren
wir wenigstens gründlich«, sagte sie. Antje wusste genau,
aus welchem Grund sie den Schuppen noch nicht überprüft
hatte. Sie war instinktiv davon ausgegangen, dass ihr Vater
nichts mit dem Verbrechen zu tun hatte. Deshalb wollte sie

sich die Peinlichkeit ersparen, ihn nach dem Schlüssel zu fragen. Doch als sie und Wiebke näher traten, sahen sie, dass sich die Tür gar nicht abschließen ließ.

»Das ist typisch für Papa«, sagte Antje, während sie die Tür aufstieß. »Er geht immer davon aus, dass die Juister grundsätzlich nicht klauen, und …«

Sie verstummte. In dem Bretterverschlag stand das teure Hightech-Rad, mit dem sich Joris Niemann vor seinem Tod auf der Insel bewegt hatte.

***

»Der Mörder will den Verdacht auf deinen Vater lenken.«

Mit diesen Worten zog Wiebke sich Latexhandschuhe über. Sie packte das Rad vorsichtig am Lenker und am Sattel und zog es aus dem Schuppen. Mit dieser Einschätzung lag die junge Kollegin wahrscheinlich richtig. Antje löste sich aus der Erstarrung, die sie für einen Moment befallen hatte. Natürlich ließ es sie nicht kalt, dass der Täter den Mord offenbar Tjark Fedder in die Schuhe schieben wollte. Doch aus Sicht des Verbrechers war diese Absicht naheliegend: Immerhin gehörte die *Juister Kajüte* Antjes Vater, und er besaß einen Schlüssel.

Bevor sie weiter über diesen Punkt nachdenken konnte, erschien der Wirt höchstpersönlich auf der Bildfläche. Die Polizistinnen hatten sich dem Lokal von der Rückseite genähert. Doch ihre Stimmen hatten offenbar Tjark auf den Plan gerufen.

»Wir haben gerade dieses Fahrrad in deinem Schuppen sichergestellt, Papa«, erklärte die Kommissarin mit tonloser Stimme.

Ihr Vater fuhr sich mit der flachen Hand über seinen mächtigen Schädel. »Das ist doch Joris' Karre!«, stellte er fest.

»Ich flitze mal eben zur Wache und hole Kunststoff-Folie, damit wir das Beweisstück verpacken können!« Mit diesen Worten machte Wiebke sich aus dem Staub.

»Du hast doch das Rad nicht angefasst, Papa – oder?«

Antje bemerkte selbst, dass ihre Frage einen flehenden Unterton hatte. Der Wirt schüttelte den Kopf. »Nee, wie komme ich dazu? Und ich hab es auch nicht in meinem Verschlag abgestellt. Da will mir wohl jemand in die Suppe spucken!«

»Wir müssen das Zweirad nach Oldenburg schicken, damit es auf Fingerabdrücke und DNA-Spuren untersucht wird. Außerdem finden die Spezialisten vielleicht noch Hinweise, die wir mit unserem einfachen Tatortkoffer nicht sicherstellen können. – Fällt dir jemand ein, der etwas gegen Joris hatte und gleichzeitig dir gerne Schwierigkeiten machen würde?«

Tjark Fedder schien ernsthaft über diese Frage nachzudenken. Es dauerte einige Augenblicke, bis er antwortete.

»Na, da fällt mir höchstens Philip Dykstra ein.«

»Dein Koch?«

»Ex-Koch«, korrigierte der Wirt. »Er war mehrfach bei der Arbeit betrunken. Ich hatte ihn verwarnt, aber er besserte sich nicht. Da hab ich ihn gestern rausgeworfen. Küchenarbeit muss man nüchtern verrichten, alles andere ist unverantwortlich. So schnell finde ich keinen Ersatz, aber dann gibt es eben erstmal keine Speisen in meinem Lokal. Die meisten Gäste kommen sowieso nur, um ein paar Bierchen zu zischen.«

»Du musstest deinen Koch entlassen? Warum hast du mir das nicht schon früher gesagt?«, wollte Antje wissen.

Ihr Vater hob die Schultern. »Es schien mir weniger wichtig. Angesichts einer Leiche in meiner *Juister Kajüte* habe ich schon genug Ärger. Aber mir ist wieder eingefallen, wie sich Philip einige Male über Joris geäußert hat.

Philip und Keno sind Kumpane, wusstest du das? Philip sagte mal: ›Wegen dem Dreckskerl darf Keno sein Kind nicht mehr sehen.‹ Für meinen Koch fing das Unglück seines Freundes damit an, dass dieser Angeber aus der Großstadt aufgekreuzt ist. Naja, über Tote soll man ja nichts Schlechtes sagen.«

Die Kommissarin überlegte. Roland hatte früher am Tag Philip Dykstras Fingerabdrücke genommen, genau wie die von allen anderen Personen, die Zugang zur Küche hatten. Falls der Koch also das Fahrrad in den Schuppen verfrachtet hatte, ohne dabei Handschuhe zu tragen, würde man ihm dies nachweisen können.

Wenig später kehrte die Polizeimeisterin mit den Folien und einer Rolle Paketband zurück.

Antje und Wiebke verpackten das Fahrrad, während sich Tjark Fedder wieder seinen Gästen widmete. Dann schafften die beiden das Gefährt zum Hafen, um es mit der nächsten Fähre aufs Festland schaffen zu lassen.

»Ich bin sicher, dass dein Vater unschuldig ist«, sagte die junge Kollegin, als sie zur Wache zurückkehrten. »Ich kenne ihn zwar kaum – aber er wäre wohl nicht so dumm, das Rad in seinem eigenen Schuppen zu verstecken, wenn er in den Mord verwickelt wäre.«

Wiebkes Bemerkung war vielleicht freundlich gemeint – doch Antje kam es so vor, als ob sie sich bei ihr einschleimen wollte. Die Kommissarin hätte sich nach wie vor gern mit ihrer Rivalin ausgesprochen. Doch sie fand einfach nicht die passenden Worte. Also hüllte sie sich zunächst in Schweigen, was ihr als Inselfriesin nicht weiter schwerfiel. Eine Plaudertasche war sie ohnehin noch niemals gewesen.

Als die beiden das Wachlokal betraten, fanden sie dort Roland in Gesellschaft einer sehr aufgeregt wirkenden Frau vor. Es war Karen Zäuner. Die Strandbar-Bedienung wirkte völlig aufgelöst. Ihre Hände zitterten, die Augen waren weit aufgerissen und ihre Gesichtshaut sehr blass. Daran konnte auch die Sonnenbräune nichts ändern. Sie trug dieselbe Kleidung wie bei der vorherigen Begegnung mit Antje, allerdings hatte sie ein anderes Oberteil an.

»Diese Dame ist vor ein paar Minuten hier erschienen«, sagte der Kommissar. »Ich habe bisher nicht herausfinden können, womit wir ihr helfen können.«

»Er hat … er konnte …«, stammelte Frau Zäuner. Es war offensichtlich, dass sie höchst aufgeregt und verängstigt war.

Antje trat auf sie zu und ergriff vorsichtig ihre Oberarme. »Sie sind hier in Sicherheit, Ihnen kann nichts geschehen. Das sind meine Kollegen, Herr Witte und Frau Kropp. Nehmen Sie am besten erst einmal Platz.«

Mit diesen Worten drückte Antje die Melderin sanft auf ihren Besucherstuhl. Es spielte momentan keine Rolle, was sie sagte. Nach Antjes Meinung machte der Ton die Musik. Und wenn sie beruhigend auf Karen Zäuner einwirkte, konnten die Polizisten am ehesten den Grund für ihren seelischen Ausnahmezustand erfahren.

»Ich hole ein Glas Wasser!«, sagte Wiebke. Im Handumdrehen hatte sie das Getränk beschafft und auf Antjes Schreibtisch gestellt. Karen Zäuner musste das Glas mit beiden Händen greifen, weil sie so zitterten. Sie schaffte es, einige kleine Schlucke zu sich zu nehmen.

»Und jetzt erzählen Sie uns bitte der Reihe nach, was nach unserem Treffen bei der Strandbar geschehen ist«, bat Antje.

Die junge Frau atmete tief durch und begann mit belegter Stimme zu sprechen: »Ursprünglich wollte ich erst nach Feierabend zu Ihnen kommen, wir haben ja momentan wirklich viel zu tun. Doch dann passierte ein Missgeschick. Ich verschüttete einen Eiskaffee auf meinem Top. Es gab nicht nur einen riesigen braunen Fleck, ich hätte nach diesem Unfall auch bei der Wahl zur Miss Wet T-Shirt antreten können. Ich sah unmöglich aus, in diesem Zustand konnte ich unmöglich bedienen. Das sah natürlich auch mein Chef ein. Er schickte mich nach Hause, damit ich mich schnell umzog. Ich warf mein Top in den Behälter für Schmutzwäsche. Und dort – fand ich dies hier!«

Sie zog ein weißes T-Shirt aus ihrer Umhängetasche. Es wurde durch zahlreiche eingetrocknete Blutspritzer verunstaltet.

»Es gehört meinem Freund«, hauchte sie.

»Und wie lautet sein Name?«, wollte Antje wissen.

»Philip Dykstra.«

Kapitel 7

»Wo ist Ihr Freund jetzt?«

Diese Frage kam von Roland. Antje hatte ihm noch nicht berichten können, was sie und Wiebke inzwischen über den Koch ihres Vaters wussten. Aber auch ohne diese Information würde Philip Dykstra eine überzeugende Erklärung für die Blutspritzer auf seinem T-Shirt abliefern müssen.

Karen Zäuner machte eine hilflose Geste. »Ich weiß nicht … als ich mich umzog, war er nicht daheim.«

Der Kommissar sagte: »Ich habe Dykstras Fingerabdrücke genommen, so wie von allen andern Personen mit Zugang zur Küche des Lokals. Da ist mir nichts Negatives an ihm aufgefallen. Er war sehr einsilbig. Das führte ich darauf zurück, dass er wegen des Todesfalls nicht an seinen Arbeitsplatz konnte. Ich war bei ihm zu Hause, er wirkte mürrisch.«

Antje wandte sich an die Melderin: »Hat Ihr Freund Ihnen gebeichtet, dass er wegen Trunkenheit seinen Job verloren hat?«

Diese Frage schien Karen Zäuner erneut zu schocken. »Nein, wir … Philip war heute Nacht nicht daheim. Ich habe mir nichts dabei gedacht, er muss manchmal lange arbeiten.«

»Die *Juister Kajüte* schließt spätestens um ein Uhr morgens«, stellte die Inselpolizistin fest.

»Philip trinkt öfter nach Feierabend, um zu entspannen … denken Sie, dass er zum Mörder geworden ist?«

Die Frage blieb unbeantwortet. Roland sagte: »Wir müssen auf jeden Fall dringend mit ihm sprechen. Ich habe seine Mobilnummer notiert, als ich die Fingerabdrücke genommen habe.«

Er rief bei Dykstra an. Die Freundin des Verdächtigen schüttelte den Kopf.

»Das können Sie vergessen, Herr Witte. Sein Smartphone liegt in unserer Wohnung. Es wäre nicht das erste Mal, dass er es vergisst.«

Oder hat Dykstra das Telefon absichtlich liegen gelassen, um nicht geortet werden zu können? Ist er überhaupt noch auf der Insel?

Diese Fragen drängten sich Antje förmlich auf.

»Wo könnte Philip sich aufhalten? Hat er ein Lieblingslokal oder einen besonderen Platz, zu dem es ihn hinzieht?«, wollte Wiebke wissen.

Karen Zäuner antwortete: »Ich weiß nicht … Philip hat gern mal ein paar Biere in der Strandbar getrunken, wo ich arbeite. Aber mein Chef sieht es nicht gern, wenn wir Kellnerinnen privat Besuch bekommen. – Meinen Sie, dass er dort auf mich lauert?«

»Ich kann Sie zurück an Ihren Arbeitsplatz begleiten«, bot Roland an.

»Das wäre sehr freundlich von Ihnen … es kann auch sein, dass Philip sich bei der Steinkrabbe aufhält. Dort haben wir einen romantischen Abend verbracht und uns zum ersten Mal geküsst.«

»Steinkrabbe?«, echote die Polizeimeisterin.

Antje erklärte: »Die Steinkrabbe ist eine Skulptur, die sich jenseits der Müllstation am Molendeich befindet. Von dort hat man einen wunderbaren Blick Richtung Wattenmeer und Krummhörn. – Lass uns dort nachschauen. Wir bleiben mit Roland über Funk in Verbindung.«

Während der Kommissar mit Karen Zäuner Richtung Strandbar ging, machten die Polizistinnen sich mit ihren Fahrrädern auf den Weg. Die Stelle, an der sich das steinerne Kunstwerk befand, wurde von nur wenigen Touristen entdeckt. Man musste ein Stück weit die Straße An't Diekskant entlangfahren und dann abbiegen. Antje erblickte schon von Weitem eine Gestalt, die neben der

Skulptur am Ende des Hafenschutzdeiches kauerte. Auf die Distanz konnte man noch nicht erkennen, ob es sich um den Ex-Koch aus der *Juister Kajüte* handelte.

»Wir lassen die Räder hier liegen und nähern uns leise, damit wir ihn überrumpeln können«, raunte Antje ihrer Kollegin zu. »Und achte auf Eigensicherung!«

Wiebke nickte.

Der Mann auf der Mole schien die Welt um sich herum vergessen zu haben. Er schaute auf die Nordsee hinaus. Neben ihm lagen einige leere Bierdosen. Das Brausen der Brandung bei auffrischendem Wind verhinderte, dass er die Polizistinnen zu früh bemerkte. Antje trat neben ihn, wobei sie sich auf die steinerne Skulptur stützte. Ihre Kollegin kam von der anderen Seite. Die Kommissarin kannte den Koch natürlich, er hatte ja eine Zeit lang für ihren Vater gearbeitet.

»Moin, Philip«, sagte sie. »Wir müssen mit dir über Joris Niemann sprech...«

Der Verdächtige starrte sie aus blutunterlaufenen Augen an. Es war offensichtlich, dass er alkoholisiert war. Antje konnte ihren Satz nicht beenden, weil Dykstra sofort handgreiflich wurde. Sie hatte seine Aggressivität und auch seine Schnelligkeit unterschätzt. Das wurde ihr klar, als er seine fast volle Bierdose nach ihr warf. Sie konnte zwar den Kopf noch ein wenig drehen, das Wurfgeschoss streifte allerdings ihre Schläfe. Der Treffer war heftig genug, um sie stürzen zu lassen.

Vom Boden aus sah Antje, wie sich nun ihre Kollegin auf den Angreifer stürzte. Wiebke schlug ihm eine Links-rechts-Kombination in die Rippen, während er aus seiner kauernden Position hochzukommen versuchte. Dann verpasste sie ihm einen Kinnhaken, der seinen Schädel nach hinten fliegen ließ. Dykstra sackte in sich zusammen wie ein Hefeteig, der nicht aufgehen will. Er war nun so benommen,

dass die junge Polizeimeisterin ihm problemlos Handschellen anlegen konnte.

Und ich predige Eigensicherung, was für ein Hohn!, dachte
Antje, während sie sich wieder aufrappelte.

»Bist du verletzt?«, fragte die Kollegin besorgt.

»Mir fehlt nichts, und diesen Herrn schaffen wir jetzt erst
einmal in die Ausnüchterungszelle. In seinem jetzigen
Zustand können wir ihn sowieso nicht vernehmen.«

Dykstra war nur mit einer kurzen Sporthose und einem
Muskelshirt bekleidet. Er konnte keine Waffen oder
gefährlichen Gegenstände bei sich tragen, das wäre
aufgefallen. Die Polizistinnen stellten bei ihm nur eine
Geldbörse mit knapp dreißig Euro darin sicher. Wiebkes
Fausthiebe schienen den Widerstandswillen des Verdächtigen gebrochen zu haben. Er murmelte nur noch
unverständliche Wortfetzen vor sich hin, den Kopf hatte er
gesenkt. Es war nicht gerade einfach, ihn zu Fuß zur
Polizeistation zu bringen, da Dykstra kaum geradeaus gehen
konnte und alle paar Schritte über seine eigenen Füße
stolperte. Antje und Wiebke hatten ihn in die Mitte
genommen und mussten immer wieder gegenhalten, wenn
er zu einer Seite zu kippen drohte.

Zum Glück begegneten ihnen auf dem Weg nicht allzu
viele Touristen. Die Kommissarin hätte den Transport am
liebsten so unauffällig wie möglich durchgeführt. Doch da
die Polizei Juist über kein geschlossenes Einsatzfahrzeug
verfügte, mussten sie und ihre Kollegin den Verdächtigen
vor aller Augen zum Arrest bringen. Natürlich gab es wieder
einige sensationsgierige Menschen, die unbedingt mit ihren
Smartphones ein Foto machen mussten. Der Schmerz in
Antjes Schläfe ließ bereits nach, aber das Erlebnis der
Festnahme beschäftigte sie noch immer. Sie hatte doch
gewusst, dass Dykstra gefährlich werden konnte. War sie
ihm zu nahe gekommen, hätte sie den Dosenwurf voraus-

sehen müssen? Und es war ausgerechnet Wiebke, die durch ihr entschlossenes Eingreifen jede weitere Gewalt im Keim erstickt hatte. Nun musste Antje ihrer Rivalin auch noch dankbar sein!

Heute ist wohl wirklich nicht mein Tag, dachte sie verdrossen.

Als die beiden Polizistinnen mit dem Festgenommenen die Wache betraten, legte Roland gerade den Telefonhörer auf. Wiebke berichtete von der Verhaftung, wobei sie ihre eigene Rolle herunterspielte. Der Kommissar schaute Antje besorgt an. Er fragte: »Hast du Schmerzen?«

»Nicht der Rede wert. Wahrscheinlich werde ich morgen eine Beule am Kopf haben, das ist alles.«

»Ich möchte trotzdem, dass ein Arzt dich untersucht. Ein Mediziner muss sowieso kommen, um unserem berauschten Freund eine Blutprobe zu entnehmen.«

Wiebke hatte in der Zwischenzeit Dykstra in die Arrestzelle gesperrt.

»Ich könnte das blutbefleckte T-Shirt dem Inselflieger mitgeben«, schlug sie vor. »Je eher das kriminaltechnische Labor mit der Analyse beginnt, desto besser.«

Antje und Roland waren einverstanden. Sie verpackten das Beweisstück in Plastikfolie, dann verließ die junge Kollegin die Wache und flitzte Richtung Flugplatz davon.

»Wiebke ist wirklich tüchtig«, musste die Kommissarin zugeben.

Roland nickte.

»Ja, das kann man wohl sagen. Sie ist eine echte Bereicherung für unsere Insel, findest du nicht? Vielleicht beschließt die Teppichetage ja, dass noch eine weitere feste Planstelle für unsere Wache geschaffen wird.«

Das hättest du wohl gern!, dachte Antje, während sich ihr Herz voller Panik zusammenkrampfte. Bisher hatte sie sich mit der Vorstellung getröstet, dass die attraktive junge

Polizistin nach der Sommersaison wieder Richtung Festland verschwinden würde. Aber wenn sie wirklich dauerhaft auf Juist blieb, sah Antje für ihre eigene Zukunft schwarz.

Rolands Stimme riss sie aus ihren Befürchtungen: »Die Aussage des Piloten war jedenfalls Gold wert. Das Landeskriminalamt Hamburg hat mir einige interessante Dinge über Niemanns asiatischen Mietautofreund mitgeteilt …«

Der Kommissar unterbrach sich zunächst selbst, denn nun erschien der Mediziner, den die Polizisten kurz zuvor angefordert hatten. Roland brachte ihn zu Dykstra. Während dem Verdächtigen die Blutprobe entnommen wurde, unterdrückte Antje ihre privaten Sorgen. Sie stellte sich vor, wie der Mord über die Bühne gegangen sein konnte.

Hatten Joris und Dykstra sich verabredet? Und wenn ja, aus welchem Grund? Ob Antjes Vater den Schlüssel von dem entlassenen Koch zurückbekommen hatte? Das ließ sich leicht klären. Die Kommissarin hatte den Verdächtigen bereits als Hitzkopf kennengelernt. Es war vielleicht in der Lokalküche zu einem tödlichen Streit gekommen. Aber warum warf Dykstra sein blutiges T-Shirt in den eigenen Schmutzwäschebehälter, statt es für immer zu entsorgen? Antje wusste, dass Verbrecher nicht immer logisch handelten. Vor allem dann nicht, wenn die Tat im Affekt geschah. Sie konnte sich vorstellen, dass der Koch den Mord bereute und sich deshalb sinnlos betrunken hatte.

Roland und der Arzt kehrten wieder zu ihr zurück. Der Mediziner betastete Antjes Kopf und stellte ihr einige Fragen nach Krankheitssymptomen, die sie ausnahmslos verneinen konnte.

»Kühlen Sie Ihre Schläfe. Und falls es Ihnen schlechter gehen sollte, können Sie mich jederzeit anrufen.«

Mit diesen Worten verabschiedete der Doktor sich.

»Dykstra ist inzwischen ziemlich schlapp, das viele Bier und die Rangelei mit euch werden ihn erschöpft haben«, sagte Roland. »Vor morgen früh werden wir ihn nicht verhören können, erst dann wird er wieder ausgenüchtert sein.«

»Ja, heute wird das nichts mehr. – Was hast du denn nun bei den Hamburgern in Erfahrung bringen können?«, wollte Antje wissen.

»Die Kollegen wurden sofort hellhörig, als ich einen Asiaten mit Mietwagen erwähnte. Falls es sich um denselben Mann handelt, den das dortige LKA im Visier hat, reden wir von einem Mittelsmann einer chinesischen Triade. Er heißt Li Fang – falls das sein richtiger Name ist.«

Antje hakte nach: »Also könnte Joris mit dem organisierten Verbrechen zu tun haben?«

»Mir ist leider bisher vollkommen unklar, worin genau unser Mordopfer verstrickt gewesen sein könnte«, gestand der Kommissar. »Die Triade, der Li Fang dient, nennt sich Goldene Lampions. Die haben ja immer so blumige Namen, wie du weißt. Diese Gruppe stammt ursprünglich aus Hongkong. Sie konzentrieren sich auf Menschenhandel und Edelsteinschmuggel.«

»Das ergibt keinen Sinn«, meinte Antje. »Joris wird wohl keine Zwangsprostituierte in seiner Aktentasche von Juist nach Hamburg bringen können. Und Edelsteine? Die Juweliere auf unserer Insel kannst du an einer Hand abzählen. Wenn dort Schmuck fehlen würde, hätten wir schon längst davon erfahren. Vielleicht liegt ja eine Verwechslung vor, und Joris' Bekannter ist völlig harmlos?«

»Möglich wäre es«, stimmte ihr Kollege zu. »Dann bleibt aber die Frage offen, woher das Mordopfer sein hohes Einkommen hatte.«

»Konnten die Hamburger Kollegen denn mit dem Namen Joris Niemann etwas anfangen?«

»Nein, Antje. Er ist weder aktenkundig noch im Verdacht. Li Fang wurde zeitweise observiert, aber nachweisen konnte man dem Triaden-Mittelsmann nie etwas. Daher musste seine Beobachtung beendet werden. Es gibt keinen Beweis dafür, dass er sich mit Joris getroffen hat. Fest steht nur, dass Li Fang sich vorzugsweise mit Mietwagen fortbewegt.«

»Die Puzzleteile fügen sich noch nicht zusammen«, stellte Antje ernüchtert fest.

Ihr Kollege unterdrückte ein Gähnen und erwiderte: »Daran wird sich wohl heute nichts mehr ändern. Vielleicht haben wir Joris' Mörder ja schon hinter Schloss und Riegel, das wird sich spätestens nach der Analyse der T-Shirt-Flecken zeigen. Außerdem hoffe ich, dass wir morgen den genauen Todeszeitpunkt erfahren. Ich bin weg, einen schönen Feierabend wünsche ich dir.«

Mit diesen Worten verließ Roland das Wachlokal. Antje schaute ihm verwirrt nach. Während sie in der Dienstwohnung direkt über der Polizeistation lebte, war ihr Freund als Dauergast in einer gemütlichen Frühstücks-pension untergekommen. Für beide stand fest, dass sie nicht zusammenziehen wollten, um sich einen Rückzugsraum zu erhalten. Doch gerade an diesem Abend hätte sie sich seine Nähe gewünscht. Kam es ihr nur so vor oder war Roland wirklich besonders distanziert gewesen? Ob Wiebke es schon erfolgreich geschafft hatte, sich zwischen die beiden zu drängen?

Kapitel 8

Eine halbe Stunde verging, und Antje saß immer noch an ihrem Schreibtisch im Wachlokal. Sie konnte sich nicht dazu aufraffen, den Arbeitsplatz zu verlassen und in ihre Privaträume hochzugehen. Als sie noch Single gewesen war, hatte dieser Zustand für sie kein Problem dargestellt. Doch mit Roland an ihrer Seite lebte es sich einfach leichter, sowohl beruflich als auch privat. Die beiden waren ein gutes Team, jedenfalls nach Antjes Meinung. Und sie hatte geglaubt, dass ihr Freund es genauso sehen würde. Das war offenbar ein großer Irrtum gewesen. Antjes Schläfe schmerzte kaum noch. Dafür tat ihr Herz umso mehr weh, wenn auch im übertragenen Sinn.

Wiebke kehrte vom Flugplatz zurück. Antje blickte auf. Sie wollte endlich Klarheit schaffen und öffnete den Mund. Doch die junge Kollegin kam ihr zuvor.

»Ich muss mit dir sprechen«, sagte die Polizeimeisterin, wobei sie einen ernsten und feierlichen Ton anschlug. Sie fügte hinzu: »Und zwar privat.«

»Das ist ganz in meinem Sinn«, erwiderte die Kommissarin. Und sie stellte voller Missmut fest, dass ihre Stimme sich belegt anhörte. Wiebke war neben der Tür stehen geblieben.

»Nicht hier, Antje. Komm bitte mit. Ich möchte dir etwas zeigen.«

Die Inselpolizistin ahnte Übles. Aber da sie immer noch nicht wusste, welche Worte sie wählen sollte, ging sie auf den Vorschlag ein. Während der nächsten Minuten würde ihr hoffentlich etwas einfallen.

Die beiden Polizistinnen traten in den ruhigen idyllischen Juist-Abend hinaus. Es war bereits zwanzig Uhr, doch jetzt im Sommer blieb es lange hell. Schweigend gingen sie nebeneinander durch die Warmbadstraße. Wiebkes Ziel schien der Strand zu sein. Antje dachte zunächst, dass Wiebke zur *Juister Kajüte* wollte. Doch die junge Polizistin bog statt nach links nach rechts ab. Sie schlug einen der Bohlenwege ein, die zwischen den Dünen zum Strand hinunterführten. Dort war ein auf vier Pfählen ruhendes Sonnendach aufgebaut. Darunter stand ein Tisch mit weißer Tischdecke, auf dem ein Champagnerkühler sowie verschiedene Speisen standen. Es gab auch zwei Stühle.

Roland wartete auf die beiden. Er war barfuß, trug eine weite weiße Baumwollhose und ein Hemd von der gleichen Farbe. Antje war völlig verwirrt. Sie wusste nicht, was sie von dieser Überraschung halten sollte. Sie blieb abrupt stehen. Ihr Herz pochte laut, und das Rauschen ihres eigenen Blutes schien das Brandungsgeräusch zu übertönen.

»Herzlichen Glückwunsch zum Jahrestag!«

Diese Worte aus Wiebkes Mund rissen Antje aus ihrer Erstarrung. Sie schaute die Polizeimeisterin an, als ob sie einen Geist sehen würde. Die Kollegin überreichte ihr lächelnd einen kleinen Gegenstand, der in Geschenkpapier verpackt war. Und plötzlich wurde der Kommissarin bewusst, dass sie heute vor zwei Jahren mit Roland zusammengekommen war. Angesichts des komplizierten aktuellen Mordfalls und ihres Gefühlswirrwarrs hatte sie das Datum schlicht und einfach nicht auf dem Zettel gehabt.

Wiebke legte den Kopf schief und fragte: »Willst du dein Geschenk nicht aufmachen? Es ist nur eine Kleinigkeit, kommt aber von Herzen.«

Die Kommissarin riss das Papier auf. Darin befanden sich zwei gekreuzte Anker aus Metall. In einen war der Buchstabe A eingraviert, in den anderen ein R. Antje war gerührt.

»Das … ist sehr nett von dir, Wiebke. Vielen Dank.«

»Eine Freundin von mir hat es gemacht, sie ist Schmuckdesignerin. Ich musste mich öfter mit Roland beraten, um etwas Passendes zu finden. Naja, und hierbei habe ich auch etwas mitgeholfen.«

Sie deutete auf den gedeckten Tisch. Antje war gerührt, aber sie musste trotzdem noch etwas loswerden. »Ich bin so eine dumme Kuh – ich hatte gedacht, dass du ein Auge auf meinen Freund geworfen hast!«, platzte sie heraus.

Wiebkes Erwiderung bestand aus einem fröhlichen Lachen. »Auf Roland? Ich will euch ja nicht zu nahe treten, aber dein Freund ist doch viel zu alt für mich. Übrigens habe ich selbst eine Verabredung – mit dem blonden Typen, der mich am Strand so süß angeflirtet hat. Wir sehen uns dann morgen zum Dienst, okay? Und nun feiert schön!«

Zu alt? Roland war gerade Mitte dreißig, doch auf eine junge Frau wie Wiebke wirkte er offenbar schon wie ein gesetzter Herr. Aber das war jetzt nebensächlich. Antje ging lächelnd auf ihren Freund zu. Er nahm sie in die Arme und gab ihr einen Kuss.

»Alles Gute zum Jahrestag, Liebste.«

Antje wurde bewusst, dass sie immer noch in Uniform war. Eigentlich hatten sie und Roland sich darauf geeinigt, dass sie während des Dienstes keine Zärtlichkeiten austauschen wollten. Doch auf diesem Strandabschnitt war außer ihnen aktuell kaum jemand zu sehen. Nur ein paar einsame Spaziergänger schlenderten weit entfernt am Spülsaum entlang. Also schlang sie ihre Arme um seinen Nacken, schloss die Augen und genoss den Moment. Etwas später lösten die beiden sich wieder voneinander, und Antje sagte: »Danke, Roland. Die Überraschung ist dir wirklich gelungen. – Hast du eigentlich gemerkt, dass ich wegen dir und Wiebke eifersüchtig war?«

»Das konnte man kaum ignorieren.«

»Schuft!«, sagte sie lachend.

Ihr Freund goss Champagner in zwei Kelche, um mit ihr anzustoßen. Die beiden tranken. Dann sagte Roland:

»Wiebke hatte ein paar gute Ideen, wie wir unseren Jahrestag feiern können. Die Tapas hat sie bestellt, aber nicht zubereitet. Kochen scheint nicht ihre Stärke zu sein.«

Er deutete auf die verschiedenen spanischen Spezialitäten, die in den Schälchen auf ihren Verzehr warteten.

»Ich komme mir jetzt richtig blöd vor, weil ich so eine Zicke gewesen bin«, gestand Antje. »Du hättest sehen sollen, wie Wiebke Dykstra auf die Bretter geschickt hat. Es war, als ob sie im Boxring stehen würde!«

»Das hört unsere Kollegin bestimmt gern. – Glaubst du, dass Dykstra Joris' Mörder ist?«, fragte Roland.

Antje antwortete nicht sofort. Die beiden nahmen an dem Tisch Platz und ließen die Atmosphäre auf sich wirken. Der Wind schmeckte nach Salz, es roch nach getrocknetem Seegras. Die Kommissarin schaute Richtung Horizont, wo gerade ein Küstenmotorschiff langsam am »Töwerland« vorbeiglitt. Dann sagte sie: »Selbst, wenn er leugnet oder die Aussage verweigert, wird die Analyse des T-Shirts Gewissheit bringen. Ich zerbreche mir außerdem den Kopf darüber, wie Joris zu so viel Geld gekommen ist. Wenn er wirklich Dreck am Stecken hat, dann könnte sein Tod auch eine Folge seiner kriminellen Machenschaften sein.«

Roland schenkte seiner Freundin und sich selbst Champagner nach. Er sagte: »Joris war schlau. Er wird sich etwas dabei gedacht haben, hier auf Juist eine Ehe zu schließen und sich in das Gemeindeleben zu integrieren. Dieser Mann scheint seine Rolle als erfolgreicher Versicherungsmakler und engagierter Chorleiter perfekt verkörpert zu haben. – Treten die *Juist Sailors* eigentlich nur hier auf?«

»Nee, unsere Shantygruppe geht auch auf Tournee, gerade während der Sommermonate. Die meisten Sänger sind ja schon im Rentenalter, da können sie leicht Termine außerhalb wahrnehmen. Und bei Joris haben alle vermutet, dass er sich als freiberuflicher Versicherungsmensch seine

Termine halbwegs frei einteilen kann. Glaubst du, dass er diese Auftritte als Fassade für seine wahre Tätigkeit benutzt hat?«

»Es kann jedenfalls nichts schaden, wenn wir morgen mit den übrigen Sangesbrüdern sprechen. Vielleicht ist einem von ihnen etwas Verdächtiges aufgefallen«, meinte der Kommissar und fügte hinzu: »So, und jetzt sollten wir den Mordfall für heute beiseiteschieben. Obwohl du noch in Montur bist, haben wir schon Feierabend – und unseren Jahrestag.«

Antje verstand den Wink mit dem Zaunpfahl und warf Roland einen liebevollen Blick zu. Die Beklemmung, die sie wegen Wiebke empfunden hatte, fiel komplett von ihr ab. Die Polizeimeisterin war eine aufmerksame und engagierte junge Kollegin, nicht mehr und nicht weniger. Und für Roland fühlte sie stärker als jemals zuvor. Einen Vorteil hatten Antjes eifersüchtige Hirngespinste: Sie führten ihr vor Augen, wie wichtig er eigentlich für sie war. Die Kommissarin wollte ihn auf jeden Fall bei sich haben – als Kollegen, vor allem aber als Freund.

Die beiden ließen sich nun ihre Tapas schmecken und plauderten über den gängigen Inselklatsch. Die Anspannung fiel von ihnen ab. Als der Sonnenuntergang den Horizont über der Nordsee tiefrot färbte, seufzte Antje wohlig: »Solche Momente müssen wir uns viel öfter gönnen. Wir leben auf einer so schönen Insel, das sollten wir wirklich ausnutzen.«

»Sofern es die Arbeit zulässt, bin ich dabei«, versprach der Kommissar. Vielleicht wollte er noch mehr sagen, aber in diesem Moment klingelte Antjes Smartphone.

Wiebke war am Apparat, sie klang gleichermaßen stolz und aufgeregt: »Es tut mir furchtbar leid, euch an eurem besonderen Tag zu stören – aber ich habe die Aktentasche des Opfers gefunden!«

***

Antjes Pulsschlag beschleunigte sich. Sie fragte: »Bist du sicher, dass die Tasche Joris gehört?«

»Nein, aber wir können sie ja morgen seiner Frau zeigen, oder? Sie wird das Ding hoffentlich wiedererkennen.«

»Wo befand sich die Aktentasche?«

»Ich habe mit Julian einen Spaziergang gemacht …«

Die Kommissarin fiel ihrer Kollegin ins Wort: »Julian ist vermutlich dieser junge Mann mit den Bermudashorts?«

»Genau, Antje. Auf der Höhe vom Damenpfad sah ich zwischen den Dünen einen dunklen Gegenstand aus dem Sand ragen. Ich ging näher heran und sah die lederne Tasche. Zum Glück hatte ich Latexhandschuhe bei mir. Ich legte sie frei.«

»Hast du hineingeschaut?«

»Das hätte ich gern, aber ich hielt mich zurück. Julian war ja bei mir, und Zivilisten gehen unsere Ermittlungen nichts an.«

»Wo ist dein Freund jetzt?«

Wiebke kicherte und antwortete: »Also, noch ist Julian nicht mein Freund. Das wäre er sicher gern. Am liebsten würde ich mit euch zusammen einen kurzen Blick in die Tasche werfen, aber ihr wollt sicher eure Ruhe haben.«

»Machst du Witze? Ich muss jetzt unbedingt erfahren, was darin ist. Und Roland geht es sicher genauso. Wenn du kurz vorbeischauen könntest …«

»Ihr seid wahrscheinlich noch am Strand, oder? Ich bin schon unterwegs.«

Mit diesen Worten beendete die junge Polizistin das Telefonat. Da Antje den Lautsprecher eingeschaltet hatte, war ihr Freund bereits informiert.

»Hoffentlich habe ich jetzt nicht die Stimmung verdorben«, sagte sie.

Er schüttelte lächelnd den Kopf. »Nein, die Sichtung dieses Beweisstücks duldet keinen Aufschub. Wollen wir nur hoffen, dass es die richtige Aktentasche ist«, erwiderte Roland.

Antje hob die Schultern. »Davon gehe ich aus. Mir fallen auf Anhieb nur wenige Menschen auf Juist ein, die mit einem solchen Gegenstand herumlaufen.«

Bei den beiden stieg die Spannung, bis endlich eine kleine, schmale Gestalt auf dem breiten Sandstreifen des Strandes näher kam. Es war schon so dunkel, dass Antje Wiebke erst in der unmittelbaren Nähe erkannte. Die Polizeimeisterin trug jetzt weiße Tennisschuhe, Jeansshorts und eine weiße kurzärmlige Bluse, die mit vielen bunten Eiffeltürmen bedruckt war. In ihren in Latexhandschuhen steckenden Händen hielt sie die Aktentasche, die sie wie eine Reliquie feierlich vor sich her trug.

Roland schob ein paar leere Tapasschalen beiseite. Er knipste die Taschenlampenfunktion seines Smartphones ein, um für bessere Lichtverhältnisse zu sorgen. Antje hielt unwillkürlich den Atem an, als Wiebke die beiden Verschlüsse öffnete. In der Ledertasche befanden sich eine Signalpistole sowie drei dazugehörige Patronen. Die Polizeimeisterin legte die Gegenstände vorsichtig auf den Tisch. Antje beugte sich weiter vor.

»Unter der linken Naht steckt etwas fest!«, rief sie.

Wiebke schob ihren Finger langsam in die Öffnung. »Da ist wirklich etwas, ich versuche es zu greifen.«

Mit Daumen und Zeigefinger holte die Polizistin eine kleine Plastiktüte hervor. Sie enthielt fünf Diamanten.

Kapitel 9

Als Antje am nächsten Morgen die Treppe zum Wachlokal hinabstieg, hatte sie nur wenig Schlaf gefunden. Nach Wiebkes spektakulärem Fund am Vorabend war die romantische Stimmung verflogen, um einem Jagdfieber zu weichen. So ging es zumindest der Kommissarin. Sie war sicher, dass ihre beiden Kollegen genauso empfanden. Nun gab es wirklich einen konkreten Hinweis auf eine Verbindung zwischen Joris Niemann und der Verbrecherorganisation Goldene Lampions. Aber hatte er deshalb sterben müssen? War Dykstra vielleicht unschuldig? Doch wie kamen die Blutspritzer auf das T-Shirt des rabiaten Kochs?

Die Kommissarin setzte einen Tee auf, weil das ostfriesische Lebenselixier ihr beim Denken half. Roland kam herein, lächelte ihr zu und hängte seine Mütze auf den Kleiderhaken.

»Moin, Antje. Wie geht es dir heute Morgen?«

Sie erwiderte das Lächeln. »Wenn du mich als deine Freundin fragst: Ich fand unseren Jahrestag sehr schön, dafür danke ich dir. Nächstes Jahr werde ich das Jubiläum nicht vergessen, das verspreche ich. Und in meiner Eigenschaft als Kommissarin habe ich mir überlegt, was für eine Rolle Joris für die Triaden gespielt haben könnte.«

»Das muss dich beschäftigt haben – denn ehrlich gesagt siehst du nicht aus, als ob du eine geruhsame Nacht hinter dir hättest. Mir ging es allerdings auch nicht anders.«

Nach dem romantischen Treffen am Strand hätte Antje unter normalen Umständen ihren Freund mit in ihre Wohnung genommen. Doch der unerwartete Fund des Beweisstücks hatte sowohl bei ihr als auch bei ihm die Stimmung zerstört. Sie würden ihr Beisammensein so bald wie möglich nachholen müssen.

Nun traf auch Wiebke ein. Trotz der frühen Morgenstunde wirkte sie energiegeladen. Ihre Wangen waren gerötet, und ihre Augen leuchteten. Antje zwinkerte ihr zu: »Moin! Es sieht ganz danach aus, als ob dein Treffen mit Julian weitergegangen wäre.«

Wiebke grinste verlegen und erwiderte: »Ist das so offensichtlich? Ich musste ihn doch trösten, nachdem unser Spaziergang so abrupt endete.«

»Wenn ihr Frauengespräche führen wollt, kann ich noch eine Runde um den Block machen«, schlug Roland vor.

»Nichts da, jetzt wird gearbeitet«, bestimmte Antje und fuhr fort: »Wollt ihr hören, was mir zu der Aktentasche und ihrem Inhalt eingefallen ist?«

Roland und Wiebke nickten. Sie schauten die Inselpolizistin erwartungsvoll an.

»Ich vermute, dass die Edelsteine gestohlen wurden. Allerdings wird jeder Diamant beim Schleifen mit einer Registrierungsnummer versehen, um ihn seinem Besitzer zuordnen zu können. Eine solche Ziffernfolge konnte ich bei den Edelsteinen nicht sehen. Daher wird es sich um Rohdiamanten handeln, die noch vor dem Schleifen geraubt wurden – und zwar in Antwerpen.«

»Weil sich dort das europäische Zentrum des Diamantenhandels befindet?«

»Richtig, Wiebke. Wenn die Goldenen Lampions dahinterstecken, werden sie den weiteren Weg des Diebesguts möglichst clever verschleiern wollen. Also verlässt eine Motoryacht den Antwerpener Hafen und nimmt Kurs auf Juist.«

Roland gab zu bedenken: »Das Boot könnte von der Küstenwache gestoppt und durchsucht werden.«

»Daran habe ich auch gedacht, doch im Vergleich zu anderem Schmuggelgut sind Diamanten winzig. Sie sind jedenfalls leichter zu verstecken als ein paar Kilo Marihuana oder eine Kiste mit Kriegswaffen. Und im Notfall kann man die Edelsteine einfach über Bord werfen. Dann sind sie zwar verloren, aber man versucht es eben in der nächsten Woche noch einmal.«

Wiebke ergänzte: »Ja, denn Joris ist offensichtlich öfter nach Hamburg geflogen, um dort den Mietwagenmann zu treffen. Und: Ein Flug von Juist in die Hansestadt ist ein Inlandsflug, es gibt also keine Zollkontrolle.«

»Also lässt die Motoryacht ein Beiboot zu Wasser, um Joris die Edelsteine zu übergeben?«, vergewisserte Roland sich.

Antje nickte. »Entweder das – oder die Verbrecher stecken die Diamanten in eine unsinkbare Transportbox und werfen diese ins Meer. Joris muss nur am Strand warten und sie an sich nehmen. Wahrscheinlich geschieht das Ganze bei Nacht, es gibt also keine Zeugen.«

»Besteht nicht die Gefahr, dass die Transportbox gar nicht am Inselstrand ankommt?«, fragte die junge Kollegin.

»Doch, und hier kommt die Signalpistole ins Spiel«, erklärte Antje. Sie fuhr fort: »Joris hat sich vermutlich an einen Strandabschnitt gestellt, wo die Strömung den Behälter garantiert an Land spülen würde. Du musst nämlich wissen, Wiebke, dass die Gewässer um Juist teilweise sehr tückisch sind. Es gibt Stellen, wo das Baden aus gutem Grund verboten ist. Außerdem musste er die Gezeiten berücksichtigen. Die Übergabe der Diamanten wird nicht ausgerechnet dann erfolgt sein, wenn sich die Nordsee vom Ufer wegbewegt.«

Die Polizeimeisterin war noch nicht ganz überzeugt: »Das ist ein ziemlich kompliziertes Manöver, oder? Wäre es nicht einfacher, mit der Yacht direkt von Antwerpen nach Hamburg zu fahren?«

Die Kommissarin antwortete: »Natürlich kann ich mit meinen Annahmen völlig falschliegen. Aber bei einer

Einreise aus Belgien besteht die Gefahr, dass der Zoll die Yacht zumindest stichprobenartig unter die Lupe nimmt. Für die Goldenen Lampions wäre es am besten, wenn der Transport überhaupt nicht auffällt. Und da bietet es sich an, einen unauffälligen Bürger wie Joris dazwischenzuschalten. Niemand käme auf die Idee, ihn mit dem organisierten Verbrechen in Verbindung zu bringen. – Übrigens war er als Chorleiter der *Juist Sailors* gelegentlich auf Tournee. Da konnte er unauffällig mit Komplizen Kontakt aufnehmen, ohne dass jemand auf der Insel es mitbekam.«

Antje bemerkte Rolands nachdenklichen Gesichtsausdruck.

»Wo drückt der Schuh?«, wollte sie wissen.

»Es könnte sich wirklich so abgespielt haben, wie du es geschildert hast, Antje«, erwiderte er. »Aber Joris war kein Einheimischer. Er muss zumindest jemanden über die Strömungsverhältnisse ausgehorcht haben, um sich an der richtigen Stelle zu platzieren. Außerdem: Wo sind die Transportboxen abgeblieben? Mir ist auch bekannt, dass jede Menge Treibgut angeschwemmt wird. Vielleicht hat er die Boxen einfach am Strand liegen gelassen, damit die Müllabfuhr sie wegschafft.«

Inzwischen war der Tee fertig. Antje holte die Kanne, ein Stövchen, Tassen, Kandis und Sahne. Während ihre Kollegen sich selbst bedienten, sagte sie: »Roland, könntest du bitte das Landeskriminalamt in Hamburg informieren? Vielleicht liege ich ja richtig, und die Spur führt wirklich nach Antwerpen. Allerdings sieht es nicht danach aus, dass Joris' Tod mit seinen illegalen Machenschaften zu tun hat. Jedenfalls nicht auf den ersten Blick. Und ich schaue jetzt mal nach unserem Übernachtungsgast.«

Doch bevor sie zur Arrestzelle gehen konnte, klingelte das Telefon. Roland nahm den Hörer ab, meldete sich mit Namen und Dienstgrad. Er schaltete den Lautsprecher ein.

»Hier spricht Dr. Andrae vom rechtsmedizinischen Institut Oldenburg«, sagte eine tiefe Männerstimme. »Ich möchte Ihnen die wichtigsten Einzelheiten zur Obduktion des männlichen Mordopfers mitteilen.«

»Ich bin ganz Ohr«, gab der Kommissar zurück.

»Die Todesursache war ein einzelner Stich mit einer langen, dünnen Metallklinge, vermutlich ein Messer. Die Waffe drang von hinten tief in den Oberkörper ein und verletzte die linke Herzkammer, wodurch der Tod innerhalb kürzester Zeit eintrat.«

»Können Sie etwas zum Todeszeitpunkt sagen?«

»Ich habe den Zeitraum auf Mitternacht bis ein Uhr früh eingegrenzt, und zwar in der Nacht vom neunten auf den zehnten August.«

»Gab es Abwehrverletzungen, Spuren eines Kampfes?«

»Nein, nichts dergleichen, Herr Witte. Das Opfer scheint dem Täter völlig arglos den Rücken zugekehrt zu haben. Im Blut ließen sich übrigens weder Alkohol- noch Drogenrückstände nachweisen. Der Ermordete war also nicht benebelt oder in seiner Reaktionsfähigkeit eingeschränkt.«

»Haben Sie vielen Dank, Herr Dr. Andrae …«

Der Arzt fiel Roland ins Wort: »Das ist noch nicht alles. Ich habe einen in die Haut der linken Schulter implantierten Mikrochip sichergestellt, den ich an die Kriminaltechnik weiterleiten werde. Mir fehlen die technischen Möglichkeiten, um ihn auslesen zu können.«

Dr. Andraes Stimme war deutlich anzuhören, dass er stolz auf seine Entdeckung war. Und dieses Gefühl konnte Antje nachvollziehen. Sie war sicher, dass diese Speichereinheit bei der Lösung des Falles wichtig sein konnte.

Nachdem Roland sich bedankt und aufgelegt hatte, sagte Antje: »Ich bin gespannt, ob Gesa von diesem Mikrochip gewusst hat – und vor allem, was für Informationen darauf hinterlegt sind.«

»Ich rufe jetzt beim Landeskriminalamt Hamburg an und bringe die Kollegen auf den neuesten Stand«, verkündete der Kommissar.

»Und ich werde die Kriminaltechniker in Oldenburg ganz lieb bitten, uns ihre Erkenntnisse so bald wie möglich mitzuteilen«, sagte Wiebke lächelnd und mit einem koketten Augenaufschlag.

Antje zwinkerte ihren Kollegen zu und begab sich zur Arrestzelle. Zuvor schmierte sie ein paar Butterbrote und goss Tee in einen großen Blechbecher. Nach seinem Alkoholkonsum am Vortag würde Dykstra vermutlich ein gutes Frühstück gebrauchen können. In der kleinen Zelle roch es penetrant nach Männerschweiß. Der Verdächtige war bereits wach und warf der Inselpolizistin einen flehenden Blick zu.

»Mir platzt gleich der Schädel«, klagte er.

»Wenn du brav bist, bekommst du nach dem Frühstück eine Kopfschmerztablette, Philip«, stellte sie ihm in Aussicht. »Und dann sprechen wir in aller Ruhe mit dir.«

Er schwang seine Beine von der Pritsche. Als Nächstes stützte er den Kopf auf die Handflächen und die Ellenbogen auf die Knie.

»Dein Kopf wiegt jetzt wahrscheinlich eine Tonne.«

»Sehr komisch, Antje.«

»Meine Schläfe tat auch weh, als du gestern eine Bierdose nach mir geworfen hast.«

»Habe ich das getan? Kann mich nicht daran erinnern«, beteuerte Dykstra. Die Kommissarin wusste nicht, ob sie ihm glauben sollte. Es war durchaus möglich, dass er sich an diese Attacke nicht erinnern konnte. Viel wichtiger war es, ihm den Mord nachzuweisen.

Falls er die Tat wirklich begangen hatte.

Antje war immer noch sauer auf ihn, weil er sie angegriffen hatte. Doch sie wollte es nicht zulassen, dass ihr Urteilsvermögen dadurch getrübt wurde.

Dykstra trank einige Schlucke von dem Tee. Die heiße Flüssigkeit schien ihm gutzutun, jedenfalls bekamen seine käsig-bleichen unrasierten Wangen etwas Farbe. Nachdem er auch die Butterbrote vertilgt hatte, brachte die Kommissarin ihn in den Verhörraum. Nun bekam er die versprochene Schmerztablette sowie ein Glas Wasser.

Roland kam zu ihnen. Die beiden Juister Polizisten wollten den Verdächtigen gemeinsam vernehmen, während Wiebke vorn im Wachlokal die Stellung hielt und das Telefon bediente.

»Wir verhören dich als Beschuldigten, Philip. Du bist verdächtig, Joris Niemann ermordet und mich tätlich angegriffen zu haben«, sagte Antje ruhig. Sie fuhr fort: »Außerdem hast du dich der Festnahme widersetzt. Du hast das Recht, die Aussage zu verweigern, musst dich nicht selbst belasten und kannst einen Strafverteidiger hinzuziehen.«

Ihre nüchtern vorgetragenen Worte schienen den letzten Rest des Alkoholnebels aus Dykstras Bewusstsein zu vertreiben. Vielleicht wurde ihm erst in diesem Moment richtig bewusst, in was für einem Schlamassel er sich befand.

»Antje – es tut mir leid, dass ich auf dich losgegangen bin. Mein Gedächtnis spinnt, ich weiß nichts mehr davon. Und mit dem Tod dieses Schnösels habe ich bestimmt nichts zu tun!«

»Woher willst du das wissen?«, warf Roland trocken ein. »Vielleicht warst du ja auch blau, als Joris erstochen wurde.«

»Ich habe es nicht getan«, beharrte Tjark Fedders Ex-Koch. Er behauptete, keinen Rechtsanwalt zu benötigen. Außerdem erklärte er sich damit einverstanden, dass die Kommissare das Verhör per Audio-Datei mitschnitten.

»Wir wollen noch einmal darüber sprechen, was du am neunten und zehnten August getan hast«, begann Antje.

Dykstra fuhr sich mit der Hand durch sein wirres Haar und murmelte: »Erst stand ich in der Küche deines Vaters am Herd, dann bin ich nach Hause gegangen.«

»Bis wann warst du in der *Juister Kajüte*?«, hakte die Kommissarin nach.

»Das muss gegen zweiundzwanzig Uhr gewesen sein, länger gibt es dort ja keine warme Küche.«

»Mein Vater hat dir fristlos gekündigt, weil du bei der Arbeit getrunken hast«, stellte Antje klar. »Bist du sicher, dass du nicht schon früher gehen musstest?«

»Kann schon sein. Ich schaue nicht auf die Uhr, wenn mir meine Zukunft vor die Füße geworfen wird«, maulte der Verdächtige.

Roland beugte sich vor und sagte: »Uns interessiert vor allem, wo du zwischen Mitternacht und ein Uhr morgens gewesen bist.«

»Da war ich zu Hause, das kann meine Freundin bezeugen.«

Antje schüttelte den Kopf und stellte klar: »Karen sagt, dass du nicht da warst.«

Mit dieser Information hatte Dykstra nicht gerechnet. Für einen Moment war er sprachlos, dann erwiderte er: »Sie muss sich irren. Oder sie verwechselt die Tage.«

»Wir reden von der Nacht vom neunten auf den zehnten August«, verdeutlichte der Kommissar.

»Ich denke«, begann Antje, »dass du richtig sauer geworden bist. Mein Vater hatte dich gerade entlassen, und du warst sowieso nicht mehr ganz nüchtern. Dass du im angetrunkenen Zustand auf Krawall gebürstet bist, habe ich ja am eigenen Leib erfahren dürfen. Du hast dich vielleicht in der Nähe der *Juister Kajüte* herumgetrieben, um Ärger zu machen. Dann erschien plötzlich Joris. Aus Gründen, die wir noch nicht kennen, betrat er die Küche des Lokals. Du gingst ihm hinterher. Der Kerl war ein rotes Tuch für dich. Vielleicht lag es daran, dass die Ehe deines Freundes Keno wegen ihm in die Brüche gegangen ist. Also hast du einen Streit vom Zaun gebrochen, der tödlich endete.«

Noch während Antje sprach, wurde ihr bewusst, dass ihre Geschichte einige Schwachpunkte hatte. Hätte ein kräftiger junger Mann wie Joris sich nicht gewehrt? Und warum sollte er sich mit einem Typen wie Dykstra in die Lokalküche zurückziehen? Es fiel schwer, sich eine Verbindung zwischen dem aalglatten kriminellen Erfolgsmenschen und diesem Trunkenbold vorzustellen. Dykstra war von ihren Überlegungen gar nicht begeistert: »So ist es nicht gewesen, Antje! Warum hätte ich den Kerl in meine Küche lassen sollen? Frag doch deinen Vater!«

Das ist nicht deine Küche, dachte die Kommissarin. Trotzdem musste sie sich vergewissern, wann Tjark Fedder an dem Tag sein Lokal geschlossen hatte. Falls es zeitnah zum Mord geschehen war, gab es vielleicht andere Zeugen, von denen sie noch nichts wusste. Sie stand auf und sagte: »Ich muss mal kurz telefonieren.«

Die Inselpolizistin verließ den Verhörraum und rief mit dem Smartphone ihren Vater an.

»Papa, ich muss möglichst genau wissen, wann Dykstra am neunten August die *Juister Kajüte* verlassen hat und um welche Uhrzeit du dann geschlossen hast.«

»Ich setzte Philip gegen zweiundzwanzig Uhr an die Luft. Es waren nur noch wenige Gäste da. Dann hab ich um dreiundzwanzig Uhr abgeschlossen und bin nach Hause gegangen. Ehrlich gesagt war ich enttäuscht von meinem Koch, weil ich ihn schon abgemahnt hatte. Er hat mir an dem

Abend so richtig die Stimmung vermiest, und ich wollte einfach nur meine Ruhe haben.«

Antje kannte ihren Vater als einen Mann, der sich nicht so leicht beirren ließ. Der alte Seebär versuchte stets, auch ein persönliches Verhältnis zu seinen wenigen Angestellten aufzubauen. Daher konnte sie es nachvollziehen, dass Tjark Fedder von Philip Dykstra menschlich enttäuscht war. Dass er an dem Abend nicht mehr lange weiterarbeiten wollte, konnte sie nachvollziehen.

Zwischen Tjark Fedders Feierabend und dem Mord gab es eine Zeitspanne von mindestens einer Stunde. Der Mörder hatte also keine lästigen Zeugen fürchten müssen, als er Joris niederstach.

Aber war Dykstra wirklich der Täter?

Die Kommissarin bedankte sich bei dem Gastwirt und beendete das Telefonat. Dann kehrte sie in den Verhörraum zurück.

»Philip – mein Vater gibt an, dass du schon um zweiundzwanzig Uhr sein Lokal verlassen musstest. Was sagst du dazu?«

»Es stimmt, aber dadurch bin ich doch nicht zum Mörder geworden!«, behauptete der Verdächtige. »Natürlich passt es euch gut, mir die Sache in die Schuhe zu schieben. Ich bin ein erstklassiger Sündenbock. Du, deine Kollegen, dein Vater, meine Freundin – alle sind gegen mich!«

»Das kommt dir nur so vor, weil du nicht bei der Wahrheit bleibst! Wenn du so unschuldig bist, wie du behauptest – wie kommen dann die Blutspritzer auf dein T-Shirt?«

Dykstra starrte Antje an, als ob sie den Verstand verloren hätte. Dann blickte er an sich herab.

»Wo siehst du denn hier Blutspritzer?«

»Verschaukeln können wir uns allein!«, rief Roland. »Antje meint nicht das Kleidungsstück, das du gerade trägst.

Es geht um die Textilie, die du in deinen Wäschebehälter geworfen hast!«

Dykstra kam aus dem Kopfschütteln nicht heraus. Entweder konnte er sich erstklassig verstellen oder er wusste wirklich nicht, wovon die Ermittler sprachen. Er benötigte einige Augenblicke, bis er wieder den Mund öffnete.

»Ihr seid auf dem Holzweg. Ich weiß genau, dass ich niemanden umgebracht habe«, behauptete er.

Antje ließ nicht locker: »Und das kannst du mit Sicherheit sagen, obwohl du nicht mehr nüchtern warst? Leider ist dein Alkoholpegel aus der Mordnacht nicht mehr nachzuweisen. Also werden wir deine Fingerabdrücke auch nicht auf Joris' Fahrrad finden, das jemand in den Schuppen meines Vaters geschoben hat?«

»Ich weiß nichts von einem verdammten Fahrrad«, murmelte der Verdächtige. Doch sein Widerstand schien zu erlahmen. Ob die Last der Indizien ihn zu einem Geständnis bringen würde?

»Wenn du die Tat zugibst und echte Reue zeigst, kann sich das bei einem Mordprozess sehr positiv für dich auswirken«, erklärte Roland. »Wir können und wollen dem Gericht nicht vorgreifen. Aber wenn ein Gutachter zu dem Ergebnis kommt, dass dein Alkoholpegel zum Zeitpunkt des Mordes sehr hoch war, wird er dir wahrscheinlich verminderte Steuerungsfähigkeit bescheinigen.«

Dykstra warf dem Kommissar einen verständnislosen Blick zu.

Antje erklärte: »Das bedeutet: Du kannst für deine Tat nicht hundertprozentig verantwortlich gemacht werden.«

Der Verdächtige presste seine Fäuste gegen die Schläfen und schrie: »Aber wenn ich doch gar nichts getan habe! Sicher, ich mochte diesen schleimigen Joris Niemann nicht. Mein Freund Keno hat unter ihm gelitten, das ist alles richtig. Aber deshalb bringt man einen Menschen doch nicht um!«

»Man wirft auch nicht mit einer Bierdose nach einer Polizistin, die einfach nur reden will«, gab Antje gallig zurück. Sie wusste nicht, was sie von Dykstras offensichtlicher Verzweiflung halten sollte. Zog er für sie und Roland nur eine Show ab? Oder hatten die beiden sich wirklich auf den falschen Mann eingeschossen? Dykstras Gewaltbereitschaft stand außer Zweifel, und er hatte für die Tatzeit kein Alibi. Dennoch …

Der Verdächtige bekam feuchte Augen, seine Unterlippe begann zu zittern.

»Ehrlich gesagt kann ich mich an die Nacht kaum noch erinnern, aber daraus könnt ihr mir keinen Strick drehen. Ich gehe nicht für den Mord eines anderen in den Knast, das könnt ihr vergessen!«

Seine Nase begann zu bluten. Antje stand auf, ging in den Nebenraum, holte eine Packung Papiertaschentücher und hielt sie ihm hin. Er bediente sich, legte den Kopf in den Nacken und presste das Taschentuch gegen seine Nase.

»Danke. – Das passiert mir öfter, wenn ich mich aufrege. Mein Blutdruck ist zu hoch.«

»Wir machen eine Pause«, entschied Antje. »Ich werde die Staatsanwaltschaft über den Stand der Ermittlungen informieren. Dann wird entschieden, wie es weitergehen soll und ob du in Untersuchungshaft musst.«

Zunächst ging es für Dykstra zurück in die Arrestzelle. Er wirkte nun fast lethargisch, schien sich in sein Schicksal zu fügen. Die Kommissarin wollte zunächst das bisherige Verhör abtippen und ausdrucken. Als sie und Roland ins Wachlokal kamen, empfing Wiebke sie mit ernster Miene.

»Die Kollegen von der Kriminaltechnik haben angerufen«, verkündete sie. »Es hat beim Vergleich der Fingerabdrücke auf der Tatwaffe eine Übereinstimmung gegeben.«

»Darauf habe ich gewartet!«, rief die Kommissarin. »Und wer hat den Messergriff berührt?«

»Es war dein Vater, Antje«, erwiderte Wiebke. Sie sah so aus, als ob sie sich am liebsten in ein Mauseloch verkrochen hätte.

Kapitel 10

Die Kommissarin runzelte die Stirn. Natürlich war sie nicht objektiv, wenn es um Tjark Fedder ging. Das wäre zu viel verlangt gewesen. Doch selbst wenn der Gastwirt nicht ihr Papa gewesen wäre, hätte sie ihn als Täter nicht in Betracht gezogen. Tjark Fedder ließ sich nichts gefallen, war aber kein Hitzkopf, bei dem die Sicherungen durchbrannten. Es passte nicht zu ihm, einen Menschen hinterrücks zu erstechen. Antje wusste, dass ihr Vater während seines bewegten Seefahrerlebens öfter in Raufereien verwickelt gewesen war. Davon hatte er ihr gelegentlich erzählt. Doch in der Lokalküche hatte offenbar vor dem Mord kein Kampf stattgefunden. Ihr wurde plötzlich bewusst, dass sowohl Roland als auch Wiebke sie anschauten.

»Dieses Missverständnis lässt sich leicht aus der Welt schaffen. Papa gehört die *Juister Kajüte*. Da ist es doch normal, wenn auf einem Messer oder den anderen Besteckteilen Fingerabdrücke von ihm sind – obwohl er selbst ja nicht der Koch ist. Ich werde ihn gleich mal anrufen.«

Mit diesen Worten griff sie zum Telefonhörer, doch ihr Kollege schüttelte den Kopf.

»Das ist keine gute Idee, Antje.«

»Wieso nicht? Denkst du, dass mein Vater den Mord begangen hat?«

»Nein, natürlich nicht«, erwiderte Roland. »Aber wir sollten ihn behandeln wie jeden anderen Verdächtigen auch. Und deshalb ist es besser, wenn Wiebke und ich ihn nach seinem Alibi fragen. Allein schon, damit später auf dem Protokoll nicht die ermittelnde Beamtin und der Verdächtige denselben Nachnamen tragen. Der Staatsanwalt macht uns die Hölle heiß, wenn er herausbekommt, dass ihr beide blutsverwandt seid.«

Die Kommissarin wollte protestieren, aber sie biss sich auf die Zunge. Roland hatte im Grunde recht, das war ihr ebenfalls bewusst. Und wenn sie an die Unschuld ihres Vaters glaubte, musste sie sowohl auf die polizeilichen Fähigkeiten ihrer beiden Kollegen als auf das Justizsystem vertrauen. Sie nickte langsam und sagte: »Ja, ihr solltet meinen Vater befragen. Die Ermittlungen müssen lückenlos sein, sonst war alles für die Katz. – Gibt es noch weitere Neuigkeiten von der Kriminaltechnik?«

Die Frage war an die junge Kollegin gerichtet. Wiebke nickte und antwortete: »Ja, die Spezialisten konnten die Flecken auf dem T-Shirt einer Blutgruppe zuordnen. Es handelt sich um Blutgruppe A. Das Opfer hatte hingegen Blutgruppe 0. Sie haben sich beim gerichtsmedizinischen Institut vergewissert.«

Antje stieß einen langen Seufzer aus und murmelte: »Also stammen die Spritzer nicht von Joris Niemann?«

Roland und Wiebke schwiegen. Wahrscheinlich wussten sie einfach nicht, was sie entgegnen sollten. Die Kommissarin stand auf und ging zur Arrestzelle, die sie öffnete.

»Was für eine Blutgruppe hast du, Philip?«

»0. – Meine Ex-Freundin sagte immer, das würde passen – weil ich doch so eine Null bin.«

Er lachte ohne Humor. Antje nickte ihm zu und verriegelte die Metalltür wieder. Sie wusste nicht, was sie glauben sollte. Ein wichtiges Indiz war ihr gerade abhandengekommen. Vermutlich stammten die Blutflecken auf der Textilie von Dykstra selbst, als er sich wieder einmal aufgeregt und dadurch Nasenbluten bekommen hatte. Sie kehrte ins Wachlokal zurück und berichtete, was sie erfahren hatte. Dann sagte Antje: »Geht ruhig zu meinem Vater und überprüft sein Alibi. Immerhin wissen wir jetzt ziemlich genau, wann Joris Niemann ums Leben gekommen ist.«

»Ist das wirklich in Ordnung für dich, Antje?«, fragte die Polizeimeisterin besorgt.

Die Kommissarin winkte ab: »Es ist die einzige Möglichkeit. – Also ab mit euch, ich halte hier die Stellung. Solange ein Mörder frei herumläuft, müssen wir alle unser Bestes geben.«

Natürlich wollte Antje nicht Däumchen drehen, während ihre Kollegen fort waren. Sie ging noch einmal die bisher Verdächtigen durch. Dykstra hatte gelogen, was sein Alibi anging. Wahrscheinlich hatte er sich in der Mordnacht wirklich sinnlos betrunken. Aber wäre er in diesem Zustand in der Lage gewesen, nach dem Mord die Tür ordentlich abzuschließen, das Fahrrad zu verstecken und die Aktentasche in den Dünen zu entsorgen? Außerdem fiel ihr immer noch kein Grund für ein Treffen zwischen Dykstra und Joris Niemann ein. Das spätere Mordopfer hatte seine Frau belogen, um auf Juist zu bleiben. Doch die Kommissarin konnte sich beim besten Willen nicht vorstellen, dass dies wegen dem Ex-Koch ihres Vaters geschehen war!

Bei Keno Kajunga sah die Sache schon anders aus. Es war offensichtlich, wie sehr er sich nach dem Kontakt zu seinem Sohn sehnte. Und aus Kenos Sicht hatte Joris seinem Familienglück im Weg gestanden.

Außerdem stand Kenos Alibi auf sehr wackligen Füßen. Angeblich konnten seine Eltern bezeugen, dass er den größten Teil der Nacht daheim gewesen war. Doch wenn die beiden fest geschlafen hatten, waren ihre Aussagen mit Vorsicht zu genießen. Vor allem, wenn man Keno Kajungas Vergangenheit berücksichtigte.

Und wenn der Tod des angeblichen Versicherungsmaklers nun mit seiner illegalen Beschäftigung zusammenhing? Gingen die Ermittlungen der Inselpolizisten in eine völlig falsche Richtung? Antje konnte sich jedenfalls nicht vorstellen, dass der Mörder das Diamantenversteck in der

Aktentasche gekannt hatte. Wer würde schon Edelsteine im Wert von vielen Tausend Euro einfach in die Dünen werfen?

Die Hoffnung der Kommissarin ruhte auf dem Mikrochip, der in Joris' Schulter implantiert war. Sie konnte sich nicht vorstellen, dass Gesa nichts davon bemerkt hatte. Sie nahm sich vor, mit der Witwe noch einmal intensiv unter vier Augen zu sprechen. Antje rief im kriminaltechnischen Labor an und fragte, ob die Datei schon ausgelesen wurde.

»Wir haben hier einen kleinen Auftragsstau«, lautete die Antwort. »Wir melden uns umgehend bei Ihnen, wenn Ergebnisse vorliegen.«

Die Kommissarin würde sich weiterhin in Geduld üben müssen. Sie stellte voller Befremden fest, dass Roland und Wiebke schon fast zwei Stunden fort waren. Ob sie Antjes Vater nicht angetroffen hatten? Aber dann wären sie gewiss schon wieder zurückgekehrt. Oder verweigerte er die Aussage? Diese Möglichkeit kam ihr ziemlich unwahrscheinlich vor. Allerdings war es bisher noch niemals vorgekommen, dass gegen ihren Papa ein Verdacht aufgekommen war. Antje konnte sich nicht vorstellen, dass Tjark Fedder in den Mord an Joris verwickelt war. Doch je länger die Ungewissheit andauerte, desto mulmiger wurde es ihr zumute. Als sie schon fast zu platzen glaubte, kamen ihre beiden Kollegen herein.

»Warum hat das denn so lange gedauert?«

Sie wollte diesen Satz gar nicht von sich geben, aber nun war es schon geschehen. Antje musterte Roland und Wiebke. Sie wusste nicht recht, wie sie ihre Gesichtsausdrücke deuten sollte. Die beiden sahen irgendwie … *verlegen* aus.

»Es ist alles in Ordnung!«, beteuerte die Polizeimeisterin mit einem verkrampften Lächeln auf den Lippen. »Dein Vater hat ein wasserdichtes Alibi für die Tatzeit, das wir auch bereits überprüft haben. Darum konnten wir erst jetzt zurückkehren. Wir mussten erst noch mit der … anderen Person sprechen.«

Die Kommissarin war nur teilweise erleichtert. Sie hakte nach: »Was für eine andere Person? Nun lasst euch doch nicht jedes Wort einzeln aus der Nase ziehen!«

»Dein Papa war zwischen Mitternacht und ein Uhr früh nicht allein«, erklärte Roland mit fester Stimme. Er fuhr fort: »Eine Frau war bei ihm. Sie hat bestätigt, dass sie von dreiundzwanzig Uhr dreißig bis fünf Uhr früh am nächsten Morgen mit ihm zusammen war. Es handelt sich um eine glaubwürdige Zeugin. Wir haben nun die Bestätigung, dass dein Vater unmöglich der Mörder sein kann.«

Antjes Mutter war vor vielen Jahren mit einem norwegischen Matrosen durchgebrannt. Die Kommissarin war stillschweigend davon ausgegangen, dass ihr Vater seitdem kein Interesse mehr an Frauen hatte. Doch dieser Gedanke war natürlich Unfug, wie sie nun erkannte. Warum sollte sich ein Mann im Rentenalter nicht noch einmal neu verlieben können?

»Diese *glaubwürdige Zeugin* hat doch bestimmt auch einen Namen, oder?«, fragte Antje, wobei sie erst Roland und dann Wiebke anschaute.

»Es handelt sich um Silke Meester.«

Diese Aussage ihres Freundes ließ die Inselpolizistin beinahe vom Stuhl fallen.

»Die Bürgermeisterin?«

Antje fand selbst, dass sie völlig entgeistert klang. Ihr fehlte die Fantasie, um sich ihren Papa und Silke Meester als ein Liebespaar vorzustellen. Die Amtsträgerin war eine gepflegte und attraktive Frau in ihren Fünfzigern, doch die Kommissarin empfand Silke Meester als hektisch und unausgeglichen. Sie meinte es gut und war stets um das Wohl der Insel bemüht, doch dabei schoss sie manchmal über das Ziel hinaus. Doch vielleicht fühlte gerade so eine

Stresstante wie Silke Meester sich von Tjark Fedders Bärenruhe angezogen.

Rolands Stimme riss Antje aus ihren Betrachtungen: »Dein Vater wollte natürlich erst nicht mit der Sprache heraus, da ist er ganz Gentleman. Doch wir konnten ihm deutlich machen, dass die Sache mit den Fingerabdrücken auf der Mordwaffe keine Lappalie ist. Schließlich hat er uns den Namen seiner Entlastungszeugin genannt.«

»Sind die beiden schon länger … ein Paar?«

Antje hätte selbst nicht sagen können, warum sie diese Frage stellte. Für die Mordermittlung war es eher nebensächlich, sie wollte es einfach gern wissen.

Der Kommissar schüttelte den Kopf. »Laut Aussage deines Vaters begegnete Frau Meester ihm zufällig an der Strandpromenade, als er gerade die *Juister Kajüte* zugesperrt hatte. Sie muss gespürt haben, dass er wegen Dykstras Alkoholexzessen ziemlich geknickt war. Die Bürgermeisterin bot ihm an, zusammen in der *Schirmbar* einen Cocktail zu trinken.«

Wiebke ergänzte: »Danach gingen die beiden dann in Frau Meesters Dienstwohnung. Sie war zwar puterrot im Gesicht, als sie diese Angaben machte. Doch wir zweifeln nicht an ihrem Wahrheitsgehalt.«

Ob aus diesem nächtlichen Erlebnis mehr werden würde? Antje konnte sich Silke Meester nur schwer als ihre eigene Stiefmutter vorstellen. Es war für sie schon dienstlich nicht einfach, mit dieser Frau auszukommen, die sich immer wieder ungefragt in polizeiliche Angelegenheiten einmischte. Sie konnte sich Schöneres vorstellen, als der Bürgermeisterin auch noch in ihrem Privatleben begegnen zu müssen.

Aber wenn Papa glücklich ist, dann schlucke ich auch diese Kröte, nahm sie sich fest vor.

Kapitel 11

Das Telefon klingelte. Roland nahm das Gespräch entgegen und schaltete den Lautsprecher ein. Der Anruf kam vom kriminaltechnischen Labor in Oldenburg.

»Moin, es geht um den implantierten Mikrochip, den das gerichtsmedizinische Institut an uns weitergeleitet hat«, sagte der Spezialist. Er fügte hinzu: »Ihre charmante Kollegin bat eindringlich darum, dass wir Ihnen den Inhalt des Speichermediums zukommen lassen.«

»Also konnten Sie die Datei tatsächlich auslesen?«

»Ja, wenn auch auf Umwegen. Wir mussten zunächst den Zugangscode knacken. Die Botschaft besteht nur aus einem Satz: ›Joris Niemann schuldet den Goldenen Lampions hunderttausend Euro und wird treu dienen, bis der Betrag getilgt ist.‹«

Antje konnte ihrem Kollegen ansehen, dass er genauso überrascht war wie sie selbst. Nach einer kurzen Pause bat er: »Könnten Sie uns die Datei bitte zukommen lassen?«

»Selbstverständlich, Herr Witte. Ich schicke sie Ihnen gleich als Mailanhang. Übrigens war der Mikrochip mit einer Art Wasserzeichen versehen, das einen goldenen Lampion darstellen soll. Es handelt sich offenbar um das Erkennungszeichen dieser Organisation.«

Der Kommissar bedankte sich und beendete das Telefonat.

Wiebke hörte sich verblüfft an: »Ein digitaler Schuldschein? Davon habe ich noch nie gehört.«

»Ich auch nicht«, meinte Antje. »Es sieht ganz so aus, als ob Joris sich längerfristig bei dieser Triade versklavt hätte. Wahrscheinlich sollte er den Goldenen Lampions bis zu seinem Tod treue Dienste leisten.«

»Und das ist ja auch geschehen«, stellte Roland trocken fest. Er hatte nun die Mail aus Oldenburg bekommen, druckte den Anhang aus und zeigte ihn seinen Kolleginnen.

Am Sinn des Satzes konnte es keinen Zweifel geben. Antje überlegte, wann Joris Niemann der Mikrochip implantiert worden war. Als die Inselpolizistin ihn zum ersten Mal traf, war er schon wohlhabend gewesen oder hatte sich zumindest diesen Anschein gegeben. Doch sie wusste aus Erfahrung, dass gerade Angebertypen oftmals finanziell aus dem letzten Loch pfiffen und ständig frisches Geld brauchten.

Antje stellte ihren eigenen PC an, tippte eine Weile auf der Tastatur herum und betätigte dann ebenfalls den Drucker.

»Was hast du geschrieben?«, wollte Wiebke wissen.

Sie antwortete: »Ich habe einen Spezialauftrag für dich. Auf dieser Liste, die ich gerade verfasst habe, stehen die Namen aller aktiven Mitglieder der Juist Sailors. Ich möchte, dass du sie alle besuchst und sie zur Befragung auf die Wache einbestellst – aber bitte im Abstand von einer halben Stunde zwischen den Terminen. Achte bitte auf ihre Reaktionen, wenn du sie vorlädst.«

»Du denkst, dass einer von ihnen der Mörder ist, Antje?«

Die Inselpolizistin beantwortete die Frage ihrer jungen Kollegin mit einem Nicken: »Hundertprozentig sicher bin ich mir nicht. Doch selbst wenn sie alle unschuldig sein sollten, könnten wir von ihnen mehr über das Opfer erfahren. Schließlich haben sie jede Woche mit ihm Chorproben durchgeführt.«

»Alles klar, ich lege gleich los!«

Tatendurstig flitzte Wiebke nach draußen. Gleich darauf konnte man hören, wie sie ihr Dienstrad antrat und sich entfernte.

»Und wir beiden könnten jetzt zu Gesa fahren und ihr noch einmal auf den Zahn fühlen«, schlug die Kommissarin vor. Sie faltete den »Schuldschein« zusammen und steckte ihn in ihre Tasche.

Roland warf seiner Freundin einen Seitenblick zu, als sie sich auf den Weg zu der Witwe machten. »Wie fühlst du dich jetzt, nachdem du diese … Neuigkeiten über deinen Vater erfahren hast?«

»Im ersten Moment war ich schockiert. Das muss ich ehrlich zugeben, Roland. Ich meine, Papa ist ein handfester Kerl, und Frau Meester … ich weiß nicht, wie ich sie beschreiben soll.«

»Sie ist immer ein wenig überspannt«, schlug der Kommissar vor und fuhr fort: »Das stimmt natürlich. Andererseits: Gegensätze ziehen sich an, das sieht man ja an uns.«

Antje erwiderte lächelnd: »Ja, richtig. Als wir uns kennenlernten, hielt ich dich für einen Luftikus, den die Teppichetage nach Juist strafversetzt hat.«

Roland sagte: »Und ich sah in dir eine Paragrafenreiterin, die zum Lachen in den Keller geht.« Er schlug vor: »Freuen wir uns doch einfach darüber, dass dein Vater ein glaubhaftes Alibi hat. Und gegen die Macht der Liebe ist sowieso kein Kraut gewachsen. Vielleicht tun Tjark und Frau Meester einander ja wirklich gut, wer weiß?«

Die beiden beendeten das Thema zunächst, denn nun hatten sie das Haus der Niemanns erreicht. Der Kommissar läutete. Es dauerte nicht lange, bis Gesa öffnete. Sie war immer noch bleich im Gesicht, machte aber einen halbwegs gefassten Eindruck.

»Wird Joris' Leiche jetzt freigegeben?«, wollte sie wissen.

Die Inselpolizistin antwortete: »Darüber wird dich das gerichtsmedizinische Institut direkt informieren. – Können wir hereinkommen?«

Die Witwe erwiderte nichts, sondern gab einfach die Tür frei. Die Kommissare folgten ihr in die moderne Küche, wo ein dampfender Kaffeebecher auf dem Tisch stand.

»Wollt ihr auch einen Kaffee?«

»Nein, danke, Gesa. – Wir möchten heute mit dir über das Ergebnis der Obduktion deines Mannes sprechen. Olli ist noch in der Schule, oder?«

»Ja, und danach geht er gleich zu meinen Eltern. Sie haben verstanden, dass ich momentan Zeit brauche, um alles zu ordnen. Der Junge wird zum Glück ganz gut mit der Lage fertig. Naja, Joris war ja nicht sein leiblicher Vater …«

Gesa schluckte, und einen Moment lang schien es, als würde sie von ihren Gefühlen überwältigt. Doch dann hatte die Witwe sich wieder im Griff.

»Nehmt doch Platz«, sagte sie mit tonloser Stimme.

Die Kommissare setzten sich ihr gegenüber an den Küchentisch. Antje beugte sich vor: »Ich möchte dir etwas zeigen.«

Sie holte den ausgedruckten Schuldschein hervor und gab ihn Gesa. Das Blatt Papier war Frau Niemann nur einen flüchtigen Blick wert. Sie schob es von sich weg.

»Was soll das? Ist das ein grausamer Scherz? Das hätte ich dir nicht zugetraut, Antje!«

Die Polizistin schüttelte den Kopf. »Nein, wir wollen dich nicht auf den Arm nehmen. Dieses Dokument hat der Gerichtsmediziner im Körper deines Mannes gefunden. Es war auf einem Mikrochip gespeichert, der unter der Haut lag – an der Schulter, genauer gesagt.«

Antje beobachtete Gesa genau, während sie diese Informationen mitteilte. Für sie lautete die entscheidende Frage, ob die Ehefrau Mitwisserin bei den Machenschaften ihres Mannes gewesen war. Die Kommissarin hielt die Witwe zwar nicht für die Mörderin, trotzdem konnte sie etwas mit der Bluttat zu tun haben – vielleicht sogar nur unbewusst.

Gesas Augenlider flatterten. Sie senkte den Kopf, drehte ihren Becher in den Händen. Die Nervosität war ihr deutlich anzusehen.

»An der Schulter … da hatte Joris eine kleine Narbe. Er sagte, dass er als Kind mal von der Schaukel gefallen sei.«

»Unter dieser Narbe verbarg sich der Mikrochip«, stellte Antje sanft fest. »Dieses Speichermedium hat etwas mit der wahren Tätigkeit deines Mannes zu tun. Wir haben dir ja bereits mitgeteilt, dass er gar kein Versicherungsmakler war.«

Gesa warf der Kommissarin einen hilflos wirkenden Blick zu und fragte: »Was soll er denn eurer Meinung nach gewesen sein? Und was hat es mit diesen Goldenen Lampions auf sich?«

Roland erklärte: »Es besteht der Verdacht, dass Joris in den Schmuggel von Rohdiamanten verwickelt war. Und die Goldenen Lampions sind eine chinesische Verbrecherorganisation, in deren Schuld er offenbar stand.«

Antje konnte nur ahnen, wie die Witwe sich in diesem Moment fühlen musste. Ihre Welt brach vermutlich komplett zusammen. Erst musste sie den Verlust ihres Ehemanns verkraften. Und jetzt erfuhr sie, dass er ihr seine bürgerliche Fassade komplett vorgegaukelt hatte. Die Kommissarin beschloss, der Frau einen Moment zum Verschnaufen zu geben. Sie lenkte das Gespräch auf ein scheinbar harmloses Thema um: »Wie haben du und Joris euch eigentlich kennengelernt? Soweit ich weiß, geschah das hier am Strand auf Juist, oder? Das hat die Bürgermeisterin jedenfalls erwähnt, als sie damals bei eurer Hochzeit eine Rede gehalten hat.«

Antje hätte jetzt lieber nicht an Silke Meester gedacht, aber irgendwie kam man auf der Insel an dieser Frau nicht vorbei.

Gesa nickte und erwiderte: »Genau genommen trafen wir uns in dem Souvenirladen, in dem ich damals arbeitete. Olli war ja noch klein, aber ich wollte stundenweise etwas dazuverdienen. Zu der Zeit hatte ich mich gerade von Keno getrennt, und das Geld war bei uns immer knapp. Joris erschien einige Male in dem Geschäft. Bald wurde mir bewusst, dass er nur wegen mir kam. Und ich verliebte mich Hals über Kopf in ihn. Er war so anders als die anderen Männer, die ich kannte – weltmännisch und großzügig, ein echter Gentleman eben …«

Auch Antje glaubte an die Macht der Liebe. Doch sie bezweifelte, dass es von Joris' Seite aus um Gefühle gegangen war. Stattdessen hatte er in Gesa vermutlich eine Figur gesehen, die zu seinem Spiel passte.

Die Witwe plapperte weiter: »Joris fand es toll, dass ich eine echte Insulanerin bin. Und er hätte niemals von mir verlangt, dass ich Juist verlasse. Dabei wäre ich ihm bis ans Ende der Welt gefolgt. Doch mein Mann wollte gar nicht, dass wir von hier fortgehen. Er sagte, dass Olli auf jeden Fall seine kleinen Freunde behalten sollte. Und Joris wollte sich auch selbst in die Gemeinschaft einfügen, deshalb trat er ja den *Juist Sailors* bei. Und für seine Versicherungsgeschäfte musste er eben ab und an nach Hamburg fliegen …«

Sie unterbrach sich selbst und schaute die Kommissarin mit weit aufgerissenen Augen an: »Das war alles nur Show, oder? Ihr sagt ja, Joris hätte gar keine Versicherungen verkauft. Wie konnte ich nur so dumm sein?«

»Dein Mann hat uns alle an der Nase herumgeführt«, betonte Antje. »Offenbar hat ihn niemand auf Juist durchschaut, als er noch gelebt hat. – Aber eine andere Sache ist mir wichtig, Gesa: Hast du mit Joris mal über die Strömungsverhältnisse am Strand gesprochen?«

Die Witwe reagierte nicht sofort, sie schien nachzudenken. Dann öffnete sie wieder den Mund: »Ja, ich erinnere mich. Mir kam die Frage seltsam vor, weil Joris überhaupt kein Interesse an Wassersport hatte. Er war weder Schwimmer noch Windsurfer oder Ähnliches. Er muss wohl bemerkt haben, dass ich seine Frage merkwürdig fand. Er behauptete, seine neue Heimat allgemein besser kennenlernen zu wollen. – Was hat das alles zu bedeuten?«

»Wir müssen Stillschweigen über unsere Ermittlungen bewahren«, erwiderte Antje. Sie vermied normalerweise solche Phrasen, aber sie wollte sich einfach nicht in die Karten schauen lassen. Selbst, wenn Gesa nicht die Täterin war, konnte sie den Mörder kennen und ihm unwissentlich einen Tipp geben. Sie alle lebten schließlich auf einer kleinen Insel, auf der die Witwe gut vernetzt war.

Die Kommissarin erhob sich von ihrem Stuhl, ihr Kollege folgte ihrem Beispiel.

»Das wäre für den Moment alles, Gesa. Wir geben dir Bescheid, sobald es etwas Neues gibt.«

Die Frau in Schwarz schüttelte den Kopf. »Ich kann es immer noch nicht fassen, dass ich mit einem Kriminellen verheiratet war. Seid ihr sicher, dass ihr euch nicht irrt?«

»Wir haben es geprüft, Joris Niemann war nicht der, für den du ihn gehalten hast«, gab Antje mitfühlend zurück.

»Ich bin wirklich eine dumme Gans«, murmelte Gesa.

Kapitel 12

»Ist sie wirklich so unschuldig, wie sie tut?«

Diese Frage stellte Roland, sobald die beiden außer Hörweite des Hauses waren.

»Ich kenne Gesa von Kindesbeinen an«, sagte Antje. »Für eine durchtriebene Lügnerin halte ich sie nicht. Außerdem ist es eine Tatsache, dass sie in dem Souvenirgeschäft gearbeitet hat und finanziell ziemlich klamm war. Die Begegnung mit Joris muss ihr nach ihrer Chaos-Ehe mit Keno wie ein Sechser im Lotto erschienen sein.«

»Das mag alles zutreffen, Antje. Aber ich stelle es mir auf Dauer sehr stressig vor, selbst der Ehefrau gegenüber mit falschen Karten zu spielen.«

»Manche Männer tun das ihr halbes Leben lang«, gab die Kommissarin zu bedenken. Ihr Kollege lachte. »Ja, wenn sie eine Geliebte haben. – Du weißt, wie ich es meine. Wäre es für Joris nicht einfacher gewesen, eine Komplizin zu haben?«

»Einfacher, aber auch riskanter«, meinte die Inselpolizistin. »Gesa ist nicht gerade eine Geistesgröße, das muss ihr Mann erkannt haben. Die Gefahr, dass sie sich verplappert, wäre viel zu groß gewesen. Außerdem – wenn sie an dem Diamantenschmuggel beteiligt war, hätte sie uns bestimmt nicht von Joris' Fragen nach den Strömungsverhältnissen erzählt.«

»Das stimmt, Antje. – Was ist eigentlich mit den Rohdiamanten in Joris' Aktentasche? Die hätte er doch bestimmt nach Hamburg schaffen müssen. Die Goldenen Lampions sind bestimmt schon unruhig geworden, weil die Lieferung ausbleibt. Wobei ich mich sowieso frage, auf welche Art die Triade mit Joris in Kontakt getreten ist.«

Die Kommissarin schnippte mit den Fingern und sagte: »Er wird ein Satellitentelefon verwendet haben! Ein normales

Handy ist nämlich wertlos, wenn du Kontakt mit einer Motoryacht auf hoher See aufnehmen willst. Da gibt es schlicht und einfach keine Netzabdeckung.«

»Daran hatte ich noch gar nicht gedacht«, gab Roland zu. »Wenn das so ist, sollten wir zu Gesa zurückkehren und nach dem Gerät suchen.«

Antje schüttelte den Kopf und erwiderte: »Wir halten nach dem Satellitentelefon Ausschau, aber nicht in Joris' Wohnhaus. Dort wäre die Gefahr viel zu groß gewesen, dass seine Frau oder der Sohn es zufällig entdecken könnten. – Ich habe mir die ganze Zeit den Kopf darüber zerbrochen, wen Joris nachts in der Lokalküche meines Vaters treffen wollte. Wahrscheinlich ging es gar nicht darum. Es könnte gut sein, dass er dort das Telefon verborgen hat.«

Ihr Kollege ergänzte: »Ja, wenn in der *Juister Kajüte* Feierabend war, hätte Joris dort in aller Ruhe die Goldenen Lampions kontaktieren können, ohne lästige Zeugen befürchten zu müssen. – Und der Mörder hätte ihn demnach dort zufällig überrumpelt?«

»Ich weiß es nicht«, gab Antje zu. »Diese Frage klären wir, wenn das Satellitentelefon aufgetaucht ist.«

Anstatt zur Polizeistation zurückzufahren, lenkten die beiden ihre Räder Richtung Strandpromenade. Dort hatte Tjark Fedder sein Lokal gerade für das Mittagsgeschäft geöffnet. Antje ertappte sich dabei, dass sie an das Alibi ihres Papas für die Mordnacht denken musste. Es fiel ihr immer noch schwer, sich ihren Vater und Silke Meester als Liebespaar vorzustellen. Der Gastwirt lächelte, als Antje und Roland sich ihm näherten.

»Moin, das ist ja eine nette Überraschung! Kommt ihr mit euren Ermittlungen voran?«

»Wir finden immer mehr Details heraus«, gab die Kommissarin vage zurück. »Wir müssten nochmal einen Blick in deine Küche werfen, Papa.«

»Das ist kein Problem. Momentan habe ich ja noch keinen neuen Koch, also gibt es zurzeit nur Getränke.«

Tjark Fedder schloss den Raum auf und kehrte dann hinter die Theke zurück, um sich gemeinsam mit seiner Bedienung um die durstigen Kehlen zu kümmern. Es kamen bereits einige Urlauber aus Richtung Strand, um sich im Außenbereich des Lokals ein kühles Helles oder einen Softdrink zu genehmigen.

Die Kommissare hatten wieder Latexhandschuhe übergestreift. Bisher hatten sie die Lokalküche nicht gründlich durchsucht, weil es dafür keinen Anlass gab. Die Tatwaffe gehörte ja zu einem Set, das aus acht identischen Messern bestand. Die übrigen sieben Stück steckten noch ordentlich aufgereiht in einem Block oberhalb der Arbeitsfläche.

Roland öffnete einige Schränke und warf einen Blick in die Vorratskammer. Antje kniete sich hin und schob einen Kanister mit Speiseöl an die Seite. Dahinter stand eine große Blechdose, die laut Aufschrift eine Gewürzmischung enthalten sollte. Doch als sie den Behälter hervorzog, klapperte es im Inneren. Die Kommissarin schraubte den Deckel ab – und zog ein Satellitentelefon hervor. Triumphierend hielt sie es hoch.

»Bingo!«, rief sie.

Roland lächelte und sagte: »Ich gratuliere dir zu dem Fund. Was hältst du davon, wenn wir jetzt erst einmal etwas essen? Mir hängt der Magen schon in den Kniekehlen, und wir haben heute noch einige Befragungen vor uns.«

Damit war Antje einverstanden. Sie tat das Telefon in einen Beutel für Beweisstücke. Dann gingen sie wieder nach vorn ins Lokal, um sich von ihrem Vater zu verabschieden. Tjark Fedder stand hinter der Theke und zapfte Bier. Sein Blick fiel sofort auf das Gerät in dem Klarsichtbeutel.

»Ein Satellitentelefon!«, stellte er überrascht fest. »Mir ist seit meinem letzten Törn als Seemann keins mehr untergekommen. Habt ihr das in meiner Küche gefunden?«

Seine Tochter nickte.

»Ich hätte wohl öfter mal aufräumen sollen«, stellte der Alte trocken fest. »Oder zumindest Philip dazu anhalten.«

Antje lachte. »Dann gehe ich mal davon aus, dass deine Fingerabdrücke nicht auf dem Telefon sind?«

»Darauf kannst du wetten, Süße. – Wer hat denn das Ding in meiner Küche versteckt?«

»Du weißt, dass wir darüber noch nicht sprechen dürfen. – Wir sehen uns später, Papa.«

Die Kommissare verließen die *Juister Kajüte*. Sie beschlossen, ihr Mittagessen in der *Küchenwerkstatt* einzunehmen. Von dem modernen Lokal unweit vom Kurplatz aus hatte man einen Panoramablick auf den Hafen. Sie hatten Glück und fanden in dem gut besuchten Restaurant noch einen freien Holztisch direkt am Fenster. Antje bestellte sich eine Belgische Waffel mit Kirschen und Puderzucker, Roland wollte einen Cheeseburger mit Pommes Frites. Dazu tranken sie alkoholfreies Bier.

Die Kommissarin schaute versonnen aus dem Fenster und sagte: »Wir sollten die Hamburger Kollegen über unseren Fund informieren. Die Spezialisten vom Landeskriminalamt werden sich gewiss brennend dafür interessieren, wie die Goldenen Lampions mit ihrem Mann auf Juist kommuniziert haben.«

»Wir wissen jetzt, dass Joris die Lokalküche deines Vaters als Aufbewahrungsort für sein Telefon missbraucht hat«, stellte der Kommissar fest. Er fuhr fort: »Trotzdem kann er sich dort ebenfalls mit seinem späteren Mörder getroffen haben. Es gab keine Hinweise auf einen Kampf, der Gerichtsmediziner sagte nichts von Abwehrverletzungen. Joris muss den Täter gekannt haben, und er war ihm gegenüber nicht misstrauisch. Andernfalls hätte er ihm wohl nicht den Rücken zugekehrt.«

»Joris Niemann kannte halb Juist, er hat sich als Chorleiter stark in der Gemeinde eingebracht«, erklärte Antje. »Inzwischen sehe ich sein Engagement und seine großzügigen Spenden für wohltätige Zwecke in einem anderen Licht. Vielleicht waren diese Schmuggelfahrten nur der Anfang, um unsere Insel zu einem Drehkreuz für die Aktivitäten der Triade zu machen.«

Sie musste sich eingestehen, dass diese Vorstellung ihr einen kalten Schauer über den Rücken laufen ließ. Hätten sie und Roland die Gefahr rechtzeitig erkennen können? Jedenfalls hatte Antje Joris keineswegs durchschaut. Wie viele Diamanten er wohl schon nach Hamburg geschafft hatte? Wäre er jemals aufgeflogen, wenn nicht ein Mörder sein Leben gewaltsam beendet hätte?

Roland schaute ihr in die Augen und nahm sanft ihre Hand. Im ersten Moment wollte die Kommissarin zurückzucken. Die beiden hatten eigentlich vereinbart, während der Dienstzeit keine Zärtlichkeiten auszutauschen. Doch gerade jetzt fühlte es sich einfach nur gut an, seine Nähe zu spüren. Er schien zu ahnen, was in ihr vorging.

»Wir sind nicht allein«, stellte er leise, aber nachdrücklich klar. »Ich meine, wir sind zwar die einzigen Polizisten auf Juist – wenn Wiebke nicht gerade aushilft. Aber wir können jederzeit Unterstützung durch Kollegen vom Festland oder von der Küstenwache erhalten, wenn es notwendig ist. Und diese Runde im Kampf gegen das organisierte Verbrechen geht ganz klar an uns.«

»Du hast ja recht«, erwiderte sie seufzend. »Es ist gut, das noch einmal zu hören.«

Wenig später wurde das Essen serviert, und die Kommissare ließen sich ihre leckeren Gerichte schmecken.

Nachdem sie gezahlt hatten, fuhren sie zur Polizeiwache zurück. Dort war soeben auch Wiebke wieder eingetroffen.

»Ich habe sämtliche Chormitglieder vorgeladen«, verkündete sie stolz. Dann warf sie einen Blick auf die Uhr und fügte hinzu: »Hajo Roelfs wird schon in einer halben Stunde hier sein. Dann sollen noch drei weitere Sänger nacheinander erscheinen, den Rest habe ich für morgen einbestellt.«

»Gut gemacht«, erwiderte Antje. »Welchen Eindruck hattest du von den Männern?«

»Die meisten Herren sind ja schon im Rentenalter und schienen sich darüber zu freuen, Besuch von einer jungen Polizeibeamtin zu bekommen«, berichtete Wiebke lächelnd. Sie ergänzte: »Ganz ehrlich? Kein einziger von ihnen schien wegen Joris' blutigem Ende in tiefe Trauer versunken zu sein. So war mein Eindruck, wobei ich mich natürlich irren kann.«

»Es ist im Polizeiberuf manchmal hilfreich, auf sein Bauchgefühl zu hören«, meinte Antje, »wobei natürlich trotzdem letztlich die Fakten zählen. – Schau mal, was wir sicherstellen konnten.« Sie zeigte der jungen Kollegin das Satellitentelefon und erzählte, wo sie es gefunden hatten.

Wiebke pfiff durch die Zähne und sagte: »Joris war offenbar gut organisiert.«

»Das ist wohl wirklich so. – Könntest du bitte das Beweisstück zum Flugplatz bringen, damit es heute noch beim kriminaltechnischen Labor ankommt? Danach kannst du dann Mittagspause machen.«

»Sicher, kein Problem.« Mit diesen Worten schnappte die Polizeimeisterin sich den Beutel und verließ das Wachlokal.

Kapitel 13

Antje kochte Tee und vertiefte sich noch einmal in ihre Aufzeichnungen. Trotz des dringenden Tatverdachts gegen Keno Kajunga konnte die Tat auch von einer anderen Person begangen worden sein. Wenn der Mörder Handschuhe getragen hatte, nützte der Abgleich der Fingerabdrücke in der Lokalküche herzlich wenig. Das hatte sich ja schon bei Tjark Fedder gezeigt, der ein wasserdichtes Alibi vorweisen konnte. Es war, als ob die Kommissarin durch diesen Gedanken den nächsten Besuch heraufbeschworen hätte.

Es klingelte an der Polizeiwachentür. Antje glaubte, dass Hajo Roelfs zu früh erschienen wäre. Doch als sie aufmachte, stand die Bürgermeisterin vor ihr. Silke Meester war eine blonde Dame, die meist knielange graue Röcke, zweireihige marineblaue Blazer und weiße Blusen trug. Sie war durchaus eine attraktive Erscheinung. Und in diesem Moment schien ihr die Begegnung mit Antje mindestens genauso unangenehm zu sein wie der Inselpolizistin selbst.

»Moin, Frau Fedder«, begann Silke Meester mit belegter Stimme. »Könnte ich Sie kurz privat sprechen? Unter vier Augen?«

»Schon kapiert«, meinte Roland. »Ich vertrete mir kurz die Beine.«

Er schnappte sich seine Mütze, ging an der Bürgermeisterin vorbei und trat auf die Carl-Stegmann-Straße hinaus. Silke Meester kam herein und schloss die Eingangstür.

»Möchten Sie einen Tee?«, bot die Kommissarin ihrer Besucherin an.

»Nein, danke. Ich will Sie nicht lange aufhalten. Ich …«

Die Bürgermeisterin brach ihren Satz ab. Antje hatte sie noch nie so verunsichert erlebt. Frau Meesters Blick war unstet, aber schließlich schaffte sie es doch, der Inselpolizistin in die Augen zu sehen. Sie sagte: »Ihr Vater bedeutet mir sehr viel. Er ist der liebenswerteste Mensch, den ich kenne.«

Solche Worte aus dem Mund der Amtsträgerin waren für die Kommissarin völlig ungewohnt. Sie hörte einfach zu, während Silke Meester weitersprach: »In meiner Position ist es nicht leicht, einen Lebenspartner zu finden. Das können Sie sich gewiss denken. Und Tjark gefällt mir nicht erst seit gestern, sondern schon längere Zeit.«

»Das haben Sie sich nie anmerken lassen.« Diese Bemerkung konnte Antje sich nicht verkneifen.

»Als Amtsträgerin darf ich mir keine Blöße geben«, betonte die Bürgermeisterin. »Und ich hatte Angst davor, dass Ihr Vater meine Gefühle nicht erwidern würde. Wir sind ja keine Teenager mehr. Und ich bin ihm nicht gleichgültig, das steht jetzt für mich fest. – Werden Sie und ich weiterhin gut miteinander auskommen?«

Solange du mir nicht in die Polizeiarbeit hereinredest, dachte Antje. Sie sagte: »An mir soll es nicht scheitern.«

»Gut, dann hätten wir das ja geklärt. – Ich werde Sie nun nicht länger stören.«

Silke Meester gab der Kommissarin ihre rechte Hand, die sich kalt und trocken anfühlte. Dann drehte sie sich um und verließ fluchtartig die Polizeistation. Gleich darauf kam Roland wieder herein.

»Ist alles klar zwischen euch?«, wollte er wissen.

»Frau Meester hat mir sinngemäß versichert, dass ihre Nacht mit Papa nicht bloß eine Kurzzeitepisode war. Es wäre schön, wenn das stimmt. Und falls sie meinem Vater das Herz bricht, bekommt sie es mit mir zu tun!«

»Dann möchte ich nicht in ihrer Haut stecken«, meinte Roland lächelnd. »Immerhin ist sie von sich aus zu dir gekommen. Das fiel ihr bestimmt nicht leicht.«

»Das ist richtig«, sagte Antje. Sie mussten das Thema nun fallenlassen, denn jetzt kam Hajo Roelfs, um seiner Vorladung zu folgen.

Die Kommissarin bat den Rentner herein. Er durfte auf ihrem Besucherstuhl Platz nehmen, und sie servierte ihm eine Tasse Tee. Während Roelfs genießerisch den ersten Schluck von der heißen, belebenden Flüssigkeit schlürfte, sammelte Antje innerlich die ihr bekannten Fakten über diesen Mann.

Roelfs war viele Jahre lang Fährenkapitän auf der Strecke zwischen Juist und Norddeich gewesen. Nun lebte er seit einiger Zeit im Ruhestand. Die Kommissarin kannte ihn nur flüchtig, denn er war kein geselliger Mensch. Außerhalb seiner Familie schien er nur ein einziges Hobby und Interesse zu haben, nämlich die Juist Sailors.

Äußerlich gab es kaum Ähnlichkeiten zwischen ihm und seiner Tochter Gesa, die ihrer Mutter Marieke wie aus dem Gesicht geschnitten war.

Antje konnte sich nur schwer vorstellen, dass Hajo Roelfs etwas von den Machenschaften seines Schwiegersohns gewusst hatte. Sie erinnerte sich an eine Episode aus der Zeit, als der jetzige Rentner noch auf der Fähre gearbeitet hatte. Damals gab es einen Zwischenfall mit einem Passagier, der eine Frau belästigte. Hajo hatte Antje per Funk alarmiert und dann höchstpersönlich das gesamte Fährschiff nach dem Schurken durchsucht, um ihn nach dem Anlegemanöver der Polizistin zu übergeben. Ein anderer an seiner Stelle hätte die Angelegenheit vielleicht von vornherein der Polizei überlassen. Doch Roelfs war offenbar ein Mann, dem Gerechtigkeit viel bedeutete und der seine Verantwortung als Fährschiffkapitän sehr ernst genommen hatte.

Der Alte schaute sie forschend an. Seine großen, knorrigen Hände ruhten auf seinen Knien, er wirkte nicht nervös oder unruhig.

»Was kann ich für euch tun, Antje?«, fragte er.

»Wir müssen uns ein genaueres Bild von deinem Schwiegersohn machen, Hajo.«

Kaum hatte die Kommissarin diesen Satz ausgesprochen, als Roelfs unbewusst eine Abwehrhaltung einnahm. Er verschränkte die Arme und senkte das Kinn ein wenig Richtung Brust.

»Da fragst du am besten meine Tochter.«

»Das haben wir schon getan. Aber in solchen Fällen ist es besser, mit mehreren Menschen zu sprechen.«

»Man soll ja über Tote nichts Schlechtes sagen …«, murmelte der Ex-Kapitän.

Antje betonte: »Ich weiß, dass du eine ehrliche Haut bist. Du willst doch gewiss, dass wir den Mörder deines Schwiegersohns verhaften, oder? Denn momentan läuft er noch frei herum. Und er könnte jederzeit wieder zuschlagen.«

Roelfs kämpfte mit sich selbst, das war offensichtlich. Er ließ sich Zeit, bevor er wieder den Mund öffnete.

»Ich mochte Joris nicht, er war ein Blender.«

»Wie meinst du das?«

»Seit dieser Kerl auf Juist erschienen war, warf er mit Geld um sich, Antje. Das wirst du doch auch mitbekommen haben. Er hat Gesa auf dem falschen Fuß erwischt, vielleicht hat sie sich auch einfach von seiner dicken Geldbörse beeindrucken lassen. Zugegeben, Keno ist ein Taugenichts. Ich hätte mir wirklich einen besseren Ehemann für meine Tochter gewünscht!«

»Aber es hätte nicht unbedingt Joris sein müssen?«, vermutete die Kommissarin, während sie ein übler Verdacht beschlich: Wenn der Mörder ihr nun in diesem Augenblick gegenübersaß? Roelfs war ja eigentlich ein gesetzestreuer Mann, doch auch ihm konnten für einen Moment die Sicherungen durchbrennen. Und das Mordopfer hätte sich von seinem eigenen Schwiegervater wahrscheinlich nicht bedroht gefühlt.

Sie versuchte, sich ihr ungutes Gefühl nicht anmerken zu lassen, während der Alte fortfuhr: »Du kennst mich, ich kann Falschheit nicht ausstehen. Dieser Typ hatte so eine schleimige Art an sich, die mich aus der Haut fahren ließ. Aber Gesa liebte ihn offensichtlich, also machte ich gute Miene zum bösen Spiel. Er hat sich überall hereingedrängt, Joris machte mir sogar meine Position als Chorleiter streitig.«

»Und der Wechsel wurde vollzogen«, stellte Roland nüchtern fest, der sich zu seiner Kollegin und dem Verdächtigen gesellt hatte. »Wie kam es dazu? Sie machen mir nicht den Eindruck eines Mannes, der sich alles gefallen lässt.«

Der Kommissar siezte Roelfs, weil er diesen im Gegensatz zu Antje nicht schon seit Kindesbeinen kannte. Roland war zwar ein lockerer Typ, aber er wäre nie auf die Idee gekommen, eine wesentlich ältere Person von sich aus zu duzen.

Der Ex-Kapitän nickte grimmig. »Darauf können Sie wetten! Aber sogar dieses Opfer habe ich auf mich genommen, weil ich meine Tochter dadurch glücklich machte. Gesa hat mir wochenlang damit in den Ohren gelegen, dass ihr Mann so gern Chorleiter werden wollte. Ehrlich gesagt war es für mich nur wichtig, dass ich weiterhin mit den anderen Sailors zusammen singen konnte. Aber dieser Joris war doch eine richtige Landratte – wissen Sie überhaupt, was Shantys sind?«

Mit dieser Frage erwischte Roelfs den Kommissar auf dem falschen Fuß. »Naja, eben so Seemannsschlager, oder?«

Der Ex-Kapitän lachte, aber er klang nicht amüsiert. »Man merkt sofort, dass Sie auch keine Ahnung haben! – Shantys stammen noch aus der Zeit der Segelschifffahrt, und es waren ursprünglich Arbeitslieder. Wenn die Matrosen beispielsweise gleichzeitig ein Großsegel setzen oder den Anker mit Muskelkraft lichten mussten, gab der Shanty ihnen den Rhythmus vor. Shantys gehören zum lebendigen Brauchtum.«

»Das wird Roland sich hinter die Ohren schreiben«, meinte Antje lächelnd, wobei sie ihrem Kollegen einen Seitenblick zuwarf. Sie fragte: »Hajo, könntest du dir denn einen Grund dafür vorstellen, dass dein Schwiegersohn unbedingt Chorleiter werden wollte?«

Der Alte hob die Schultern. »Naja, ein begnadeter Sänger war er nicht. Und wahrscheinlich gefiel es ihm, dass wir alten Knaben alle nach seiner Pfeife tanzen mussten. – Du weißt ja, wie es hier auf der Insel läuft, Antje. Wenn ein Neuling kein Außenseiter bleiben will, muss er sich in unsere Gemeinschaft einfügen. Ich schätze, Joris hat genau das versucht. Aber es klappte nicht richtig. Weißt du, wie wir Niemann hinter seinem Rücken genannt haben?«

Die Kommissarin schüttelte den Kopf.

»Niemann war für uns nur *Niemand*«, meinte Roelfs grinsend. »Und zwar, weil er so völlig glatt und ohne Ecken und Kanten auftrat. – Es ist ganz schön gemein, was ich über meinen toten Schwiegersohn sage, oder?«

»Wir wissen deine Offenheit zu schätzen«, sagte Antje und meinte es auch so.

»Den Tod habe ich ihm trotzdem nicht gegönnt«, beteuerte der Ex-Kapitän.

Das wird sich zeigen, dachte die Kommissarin. Sie sagte: »Wir haben übrigens einige Dinge über Joris Niemann herausgefunden.«

Sie berichtete dem Schwiegervater des Mordopfers von dessen geheimen Einnahmequellen, wobei sie Roelfs genau beobachtete. Sie glaubte nämlich nicht, dass der Alte sich so gut verstellen konnte, falls ihm diese Dinge schon bekannt waren.

Dem Rentner quollen fast die Augen aus dem Kopf: »Willst du damit sagen, dass meine Tochter mit einem miesen Schmuggler verheiratet war?«

»Wir gehen davon aus, dass Joris seine Fassade als Versicherungsmakler benutzt hat, um ungestört seinen illegalen Geschäften nachgehen zu können«, erklärte Roland ruhig. Sie gaben Roelfs einen Moment Zeit, um diese bittere Pille zu schlucken.

»Du hast Joris' Geheimnis nicht gekannt?«, vergewisserte Antje sich.

Der Alte schüttelte heftig den Kopf. »Nein, ganz gewiss nicht! Ich habe meinen Schwiegersohn zwar für einen Windhund, aber nicht für einen Kriminellen gehalten. Ich weiß, um welche Summen es bei Schiffsversicherungen geht. Darum fand ich es nicht verwunderlich, dass er stets gut bei Kasse war. – Also hat Joris seine Familie in Wirklichkeit von unehrlich verdientem Geld ernährt?«

»Davon müssen wir leider ausgehen«, sagte Antje. »Und du hast wirklich nichts davon gewusst, Hajo?«

»Willst du mir unterstellen, dass ich mit diesem Kriminellen gemeinsame Sache gemacht hätte?«, fuhr der Ex-Kapitän auf.

Die Kommissarin ließ sich nicht beirren: »Die Juist Sailors haben ja gelegentlich Gastauftritte auf anderen Inseln oder an der Küste. Da verbringt man gemeinsam mehr Zeit. Es könnte ja sein, dass du zufällig etwas mitbekommen hast, das nicht für deine Ohren bestimmt war.«

»Mein feiner Herr Schwiegersohn hat sich von uns Sängern abgesondert, wo immer es möglich war«, erklärte Roelfs. »Er tat zwar immer so, als ob er ein richtiger Insulaner werden wollte, aber in Wirklichkeit konnte er gar nichts mit uns anfangen. Das hat man ganz deutlich gespürt.«

»Hajo, ich muss dich das fragen: Wo warst du in der Nacht vom neunten auf den zehnten August zwischen Mitternacht und ein Uhr morgens?«

Der Alte zog seine buschigen Augenbrauen zusammen. »Ist das die Zeit, als Joris umgebracht wurde? Ihr traut mir also so eine Bluttat wirklich zu?«

»Sie haben Joris Niemann gekannt und Sie mochten ihn offensichtlich nicht«, stellte Roland nüchtern fest.

»Trotzdem, ich bringe doch nicht meinen eigenen Schwiegersohn um … Mitternacht, da schlafe ich normalerweise immer. Ihr könnt ja meine Frau fragen, sie ist an mein ständiges Schnarchen gewöhnt. Wenn das Geräusch mal fehlt, dann bekommt *sie* kein Auge zu.«

Antje notierte sich die Angaben. Ein Alibi durch die Gattin war oftmals nicht sehr aussagekräftig. Die Kommissarin war innerlich hin und her gerissen. Einerseits hielt sie Hajo Roelfs nicht für fähig, einen Mord zu begehen. Andererseits – falls er wirklich selbst herausbekommen hatte, dass seine Tochter mit einem Kriminellen verheiratet war …

Das Telefon unterbrach ihren Gedankengang. Sie warf dem Ex-Kapitän einen entschuldigenden Blick zu, dann griff sie zum Hörer. Antje meldete sich mit Namen und Dienstgrad. Die Männerstimme am anderen Ende der Leitung kam ihr bekannt vor.

»Es ist besser, wenn du oder dein Kollege hier vorbeikommt. Es ist etwas geschehen, das ich lieber persönlich melden möchte.«

Der Anrufer war Wilko Behrens, ein ortsansässiger Juwelier.

Kapitel 14

»Gut, wir sind in ein paar Minuten bei dir.«

Mit diesen Worten beendete Antje das kurze Gespräch und legte auf. Sie versuchte, sich ihre Aufregung nicht anmerken zu lassen. Die Kommissarin wandte sich an Roelfs: »Das wäre für den Moment alles. Du musst noch das Protokoll deiner Vernehmung unterschreiben, aber das hat Zeit. Ich melde mich, wenn es so weit ist.«

»Ich bin also nicht verhaftet?«, fragte der Alte, während er sich von seinem Stuhl erhob.

»Nein. Und die Fragen, die du dir anhören musstest, stellen wir allen Bekannten des Opfers«, versicherte Antje.

»Naja, ihr müsst den Mörder ja irgendwie erwischen«, meinte Roelfs. Er hatte sich wieder beruhigt und trottete aus der Polizeidienststelle. Antje berichtete ihrem Kollegen, dass der Juwelier nach ihnen gefragt hatte.

»Was Behrens wohl von uns will?«, rätselte Roland.

»Die Frage wird sich in ein paar Minuten hoffentlich beantworten lassen«, gab Antje zurück. Doch bevor sie und ihr Kollege fortgingen, rief sie Wiebke an: »Ich unterbreche nur ungern deine Pause, aber könntest du zur Dienststelle zurückkehren? Roland und ich müssen fort, und der nächste einbestellte Sänger wird schon bald erscheinen. Wir wissen noch nicht, wie lange wir weg sein werden.«

»Natürlich, ich bin ja flexibel«, erwiderte die Polizeimeisterin. Im Hintergrund waren das Klirren von Besteck und Stimmengewirr zu hören. Wiebke beendete das Telefonat und kam schon wenige Minuten später durch die Eingangstür.

»Warst du in *Frankies Grill*?«, fragte Roland.

Die junge Kollegin nickte. »Ja, ich bin nun mal Currywurstfan. Und ich hatte sowieso gerade aufgegessen, als Antje sich meldete. Also, alles gut.«

Sie nahm an ihrem Schreibtisch Platz, und die Kommissare verließen die Polizeistation.

»Wilko Behrens hat das Schmuckgeschäft von seinem Vater geerbt«, erzählte Antje, während sie sich auf den Laden in der Strandstraße zubewegten. »Das meiste Geld verdient er mit Massenware, also Modeschmuck. Das hat er mir zumindest mal erzählt. Aber man kann bei ihm auch sehr edle Stücke erwerben, die weit über unserer Gehaltsklasse liegen. Auch solche Preziosen finden bei ihm seine Käufer.«

»Das glaube ich sofort. Nicht umsonst wird Juist ja auch das *Sylt Ostfrieslands* genannt«, sagte Roland lächelnd.

Die beiden mussten noch ein Pferdefuhrwerk vorbeilassen, dann betraten sie das kleine und liebenswert altmodische Ladenlokal. Behrens war ein Mann in seinen Sechzigern, dessen schütteres weißes Haar bis auf den Kragen seines Nadelstreifenanzugs reichte. So hatte er schon ausgesehen, seit Antje denken konnte – abgesehen davon, dass sein Haar früher schwarz gewesen war. Der Juwelier erinnerte sie an das Klischeebild eines zerstreuten Professors in einer Teenagerkomödie. Als die Inselpolizistin ihn ansprach, konnte sie seine Unruhe deutlich spüren.

»Wilko, meinen Kollegen Roland Witte hast du ja bestimmt schon mal gesehen. – Wie können wir dir weiterhelfen?«

Der Edelsteinhändler warf scheue Blicke nach links und rechts, obwohl er mit den Beamten allein in seinem kleinen Geschäft war. Dann beugte er sich vor und sagte leise: »Ist dir bekannt, dass Privatpersonen nur sehr schwer in den Besitz von Rohdiamanten gelangen können?«

Rohdiamanten? Ihr Pulsschlag erhöhte sich, als sie dieses Wort vernahm. Die Kommissarin hakte nach: »Ja, das habe ich irgendwo gelesen. Woran liegt das?«

»Normalerweise werden Rohdiamanten direkt von den verschiedenen Diamantenbörsen an die Schleifereien verkauft, sodass Endkunden eigentlich nur bearbeitete Edelsteine mit Seriennummern in die Hände bekommen. Darum werde ich misstrauisch, wenn mir so ein Stück zum Kauf angeboten wird. Sogar dann, wenn ich den Verkäufer seit vielen Jahren kenne.«

»Von wem sprichst du? Wer wollte dir einen Rohdiamanten verkaufen?«

»Eike Kajunga. Er war vor einer halben Stunde hier und machte einen sehr nervösen Eindruck. Das Schuldbewusstsein stand ihm ins Gesicht geschrieben. In meinem Beruf erwirbt man genug Menschenkenntnis, wenn auch vielleicht nicht so viel wie bei der Polizei. Jedenfalls sagte ich, dass ich interessiert sei, aber nicht so viel Bargeld in der Kasse hätte. Er sollte in ein paar Stunden wiederkommen.«

»Das hast du gut gemacht«, sagte Antje. »Hat er den Stein hier gelassen?«

»Ja, damit ich den Wert genauer bestimmen kann. Eike hat von mir natürlich eine Quittung bekommen.«

Die Kommissarin bat den Juwelier noch, mit niemandem über die Angelegenheit zu sprechen. Dann bedankten sie und Roland sich und verließen den Laden wieder.

»Allmählich blicke ich überhaupt nicht mehr durch«, gestand Roland, als sie auf ihre Räder stiegen. Er fragte: »Also war Keno Kajunga doch der Mörder seines Rivalen? Und er hat seinen Vater vorgeschickt, um einen Teil der Beute zu verkaufen? Aber warum wirft er die Aktentasche weg, in der sich noch weitere Rohdiamanten befanden?«

»Die Edelsteine waren ja in einem Geheimfach«, erinnerte Antje. »Eike wird uns sehr überzeugend erklären müssen, wie er in den Besitz des Edelsteins gelangt ist.«

Als sie das Haus des Verdächtigen erreichten, trafen sie dort nur dessen Ehefrau an.

»Moin, Femke. Wir müssen mit Eike sprechen«, sagte die Kommissarin.

Frau Kajunga wirkte arglos, als sie erwiderte: »Um diese Zeit wird er noch bei der Arbeit sein.«

»Ich dachte, dass Ihr Mann schon im Rentenalter ist«, meinte Roland.

»Ja, das stimmt«, bestätigte Femke Kajunga. »Aber so üppig ist sein Altersruhegeld nicht, da verdient er sich noch ein paar Euro bei der Gepäckabfertigung dazu.«

Die Fährpassagiere durften nur Handgepäck mit auf die Fahrgastdecks nehmen, die größeren Koffer und Taschen wurden erst in fahrbare Container verpackt und diese dann in den Laderaum des Schiffes geschafft. Das war eine Arbeit, bei der es nicht nur auf Kraft, sondern auch auf Augenmaß ankam.

»Dann fahren wir jetzt zum Hafen«, sagte Antje zur Frau des Verdächtigen.

»Was wollt ihr denn von Eike?«, rief Femke Kajunga ihnen hinterher.

Die Kommissarin ließ die Frage unbeantwortet. Falls ihr Ehemann wirklich der Mörder war, würde Femke es noch früh genug erfahren.

Den Weg zum Fähranleger brachten die beiden schweigend hinter sich. Wenn Eike Kajunga sich seine schmale Rente mit einem anstrengenden Job aufbessern musste, war ihm Joris Niemanns unehrlich erworbener Wohlstand vermutlich doppelt und dreifach sauer aufgestoßen. Ob darin das Motiv für die Bluttat lag?

Am Hafen wurde gerade die Nachmittagsfähre beladen. Wer dieses Schiff verpasste, musste wegen der Gezeiten entweder auf die Fähre am nächsten Morgen warten oder Juist per Flugzeug verlassen. Die Passagiere strömten in das Terminal. Während Antje ihr Fahrrad langsam ausrollen ließ, schaute sie sich nach Eike Kajunga um. Die fahrbaren Container waren bereits verschwunden, also musste seine Aufgabe schon erledigt sein.

Kaum war ihr dieser Gedanke gekommen, als sie Kenos Vater aus dem Fährterminal heraustreten sah. Er zuckte kurz zusammen, als er die Polizisten erblickte. Doch dann trat er ruhig auf Antje und Roland zu, als ob alles in Ordnung wäre.

»Moin, wollt ihr noch schnell an Bord?«, fragte er.

»Nee, Eike. Wir müssen mit dir reden«, antwortete die Kommissarin. Sie bemerkte seine groben Arbeitshandschuhe. Ob er sie auch bei dem Mord getragen hatte?

Kapitel 15

Die Familienähnlichkeit zwischen Eike Kajunga und seinem Sohn Keno war unübersehbar. Der Rentner kam Antje vor wie eine ältere und graue Version des Mannes, den sie zunächst im Verdacht gehabt hatten. Es war allerdings immer noch denkbar, dass Keno nicht nur seinen Sohn sehen, sondern auch mit seinem Nachfolger hatte abrechnen wollen. Vielleicht hatten die Ermittler in diesem Moment nur den Komplizen des eigentlichen Täters vor sich?

»Habt ihr endlich den Mörder gefunden? Verdächtigt ihr nicht mehr meinen Jungen? Er war in dieser Nacht daheim, das können Femke und ich bestätigen!«

Eikes Stimme riss die Kommissarin aus ihren Überlegungen. Sie schaute sich um. Für ihren Geschmack waren immer noch zu viele Menschen in der Nähe. Natürlich hätten sie zur Polizeiwache gehen können, aber dort befragte Wiebke in diesem Moment gewiss schon einen der Sänger. Die Kommissarin deutete nach links, Richtung Yachthafen.

»Du hast doch jetzt bestimmt Feierabend, Eike. Komm, wir setzen uns da drüben auf die Bank.«

Das Straßenmöbel befand sich unweit vom Parkplatz für die bunten Handkarren, die auf Juist »Wippen« genannt werden. Mit ihnen ließ sich das Gepäck leicht zu den Unterkünften schaffen.

»Wenn es sein muss …«, gab Eike zurück. Er wirkte mürrisch, kam der Polizistin aber nicht wie ein ertappter Sünder vor. Ob er wirklich glaubte, ungestraft davonkommen zu können?

Antje setzte sich gemeinsam mit dem Rentner auf die Bank, Roland blieb schräg vor ihnen stehen, die Arme verschränkt und den Verdächtigen nicht aus den Augen lassend. Sie hatten von hier aus einen wunderbaren Ausblick auf die ablegende Fähre, auf die Boote im Yachthafen und auf die offene Nordsee. Doch das war in diesem Moment unwichtig.

»Eike, wir vernehmen dich als Beschuldigten einer Straftat. Du kannst die Aussage verweigern, musst dich nicht selbst belasten und kannst einen Rechtsanwalt hinzuziehen.«

»Spinnst du, Antje?«, polterte er los. »Erst wollt ihr meinem Jungen etwas anhängen, dann mir? Wie könnt ihr ...«

»Wir haben mit Behrens gesprochen«, sagte Roland ruhig.

Diese Bemerkung ließ Kajunga verstummen. Es dauerte einen Moment, bis er seine Sprache wiederfand: »Was hat denn der Juwelier mit der ganzen Sache zu tun?«

»Du kannst dir und uns das Schmierentheater ersparen«, sagte die Kommissarin scharf. »Behrens hat ausgesagt, dass du ihm einen Rohdiamanten verkaufen willst.«

»Ich ...«

Antje fuhr fort: »Lass mich bitte ausreden. Wahrscheinlich hast du nicht gewusst, dass ein Privatmann nicht so einfach in den Besitz von Rohdiamanten gelangt. Oder es ist dir nicht aufgefallen, dass der Edelstein noch nicht geschliffen ist und daher keine Seriennummer hat. Also entweder tischst du uns eine sehr überzeugende Lüge auf oder du bleibst bei der Wahrheit.«

Roland ergänzte: »Übrigens waren in der Aktentasche noch einige weitere Rohdiamanten. Die hast du einfach fortgeworfen. Sehr schade, oder?«

Die Kommissarin hatte keinen ausgekochten Berufsverbrecher vor sich, der sich die unglaublichsten Geschichten aus den Fingern saugen konnte, ohne rot zu werden. Die Worte der Polizisten schienen ihre Wirkung auf ihn nicht zu verfehlen. Er beugte sich vor, wobei er die Ellenbogen auf die Knie stützte. Kajunga konnte weder Antje noch Roland in die Augen sehen.

»Ich hab den Edelstein in Niemanns Tasche gefunden. Ich dachte, wenn ich ihn verkaufe, muss ich nicht mehr arbeiten.«

Diese Sätze brachte er mit tonloser Stimme hervor. Ob sie der Wahrheit entsprachen? Und falls es stimmte: Aus welchem Grund hatte Joris Niemann einen einzelnen Diamanten bei sich, der nicht in dem Aktentaschenversteck war? Ob er etwas für sich abzweigen wollte, um die Goldenen Lampions zu hintergehen? Vielleicht würde sie niemals eine Antwort auf diese Frage bekommen. Doch insgeheim war Antje dem Mordopfer dankbar dafür, dass es ungewollt eine Spur zum Täter gelegt hatte.

Sie schlug vor: »Erzähl uns, was sich in der Nacht vom neunten auf den zehnten August ereignet hat.«

Kajunga begann: »Ich kann seit einigen Jahren nicht mehr gut pennen. Vielleicht liegt es an den Sorgen – oder man braucht in meinem Alter nicht mehr so viel Schlaf, was weiß ich. Dann gehe ich spazieren. Das ist besser, als stundenlang wach zu liegen und an die Zimmerdecke zu starren. So habe ich es auch in der Nacht gehalten.«

Die Kommissarin machte sich Notizen.

»Um welche Uhrzeit hast du das Haus verlassen?«

»Das muss so kurz nach zehn Uhr abends gewesen sein.«

»Wo war deine Frau?«

»Femke lag schon im Bett und schlief, die hat zum Glück nicht solche Schwierigkeiten mit der Nachtruhe.«

»Und wo befand sich dein Sohn?«

»Ich weiß es nicht, Antje. Vielleicht in seinem Zimmer. – Joris Niemann hat er jedenfalls nicht getötet, das schwöre ich!«

Weil du es selbst getan hast?, dachte die Inselpolizistin. Doch sie wollte dem Alten kein Geständnis in den Mund legen und forderte ihn mit einer Handbewegung zum Weitersprechen auf.

Er sagte: »Ich schlenderte ziellos durch die Straßen. Auf der Strandpromenade war noch Betrieb in den Lokalen, auch in dem deines Vaters. Aber ich wollte nicht unter Menschen, sondern lieber am Strand allein sein. Ich schlug einen der Wege ein, die zwischen den Dünen hinabführen. Ich genoss die Brandung und den Wind, allmählich wurde ich ruhiger. Ich ging Richtung Osten, war schon an der Kitestation vorbei. Plötzlich hörte ich ein Geräusch. Meine Augen hatten sich schon an die Dunkelheit gewöhnt, außerdem spendete der Mond wenigstens etwas Licht. Ich sah eine Gestalt im Sand liegen. Zuerst dachte ich, dass der Mann Hilfe braucht. Doch er war stinkbesoffen, das merkte ich beim Näherkommen.«

»Hast du die Person erkannt?«, wollte Antje wissen.

»Es war Philip Dykstra, der Koch deines Vaters. Ich versuchte, ihm auf die Beine zu helfen. Aber es war sinnlos. Er schien gar nicht zu bemerken, dass er Gesellschaft bekommen hatte. Da dachte ich, dass er ruhig seinen Rausch am Strand ausschlafen könnte. Ich meine, wer erfriert schon im Sommer auf Juist? Aber in seinem Zustand könnte es sein, dass er seine Habseligkeiten verlieren würde. Ich fand bei ihm einen Schlüssel und nahm ihn an mich. Wie ein Wohnungsschlüssel sah er nicht aus. Wahrscheinlich gehörte er zum Lokal deines Vaters. Und ich wollte nicht, dass Tjark wegen dieses Trunkenboldes Ärger kriegt. Ich konnte ihn immer schon gut leiden.«

»Andere Dinge haben Sie nicht an sich genommen?«, fragte Roland.

Kajunga schüttelte den Kopf. Er beteuerte: »Nee, ich bin doch kein Dieb. Sein Geld hatte er in einem Brustbeutel bei sich, den hätte er wohl kaum verloren. Aber dieser große Schlüssel war ihm schon halb aus der Hosentasche gerutscht. Es war wohl eine Fügung des Schicksals, dass ich Dykstra begegnete.«

Dazu hätte Antje einiges sagen können. Aber für sie war jetzt entscheidend, dass Kajunga auf den Mord zu sprechen kam.

»Wie ging es dann weiter, Eike?«, fragte sie.

»Dykstra schnarchte friedlich vor sich hin, ich musste mir keine Sorgen um ihn machen. Ich stapfte weiterhin am Strand entlang, als ich plötzlich eine rote Leuchtkugel vor mir aufsteigen sah. Gleichzeitig bemerkte ich ein Boot oder Schiff, das sich in Ufernähe befand.«

»Wie war das in der Dunkelheit möglich?«, warf Roland ein.

Der Alte grinste und antwortete: »Entschuldigen Sie, aber so ein Satz kann nur von einer Landratte kommen. Ich habe das Wasserfahrzeug natürlich nicht gesehen, dafür war es zu weit entfernt. Aber ich konnte die Positionslaternen deutlich erkennen – es lag mit der Steuerbordseite landwärts. Und ich hörte ein lautes Platschen. Offenbar hatte jemand etwas über Bord geworfen. Meine Neugier war geweckt. Ich wollte wissen, was da vor sich ging. Also legte ich mich auf die Lauer.«

»Du wurdest nicht bemerkt?«

»Nein, Antje. Ich hielt Abstand zu dem Kerl, der die Leuchtkugel abgefeuert hatte. Ich vermutete jedenfalls, dass ich es mit einem Mann zu tun hatte. Die ganze Sache kam mir sehr zwielichtig vor. Der Bursche stellte sich direkt an den Spülsaum. Allmählich kapierte ich, dass er etwas aus dem Wasser fischen wollte. Klar, es ging um den Gegenstand, den man auf dem Boot ins Meer geworfen hatte. Der Kahn fuhr übrigens weiter, die Motoren waren nur kurz gestoppt worden. Das Geräusch entfernte sich, und schon bald waren die Positionslaternen nicht mehr zu erkennen. Es dauerte noch ein wenig, bis die Strömung einen weißlichen Kasten an den Strand spülte.«

»Was geschah dann?«, wollte Roland wissen.

»Der Mann bückte sich, öffnete den Behälter und nahm etwas heraus. Einzelheiten konnte ich aus der Entfernung nicht erkennen, und das Mondlicht bot nicht unbedingt erstklassige Beleuchtung. Immerhin konnte ich sehen, dass der Kerl eine Aktentasche dabeihatte.«

Antje hob die Hand, um Kajungas Redefluss kurz zu stoppen. Sie musste noch eine Sache prüfen, um den Fall abzurunden. Hatte Joris vorgehabt, sich die ganze Ladung Diamanten oder einen Teil davon unter den Nagel zu reißen? Oder hätte er verabredungsgemäß die Sendung komplett an den Mann mit dem Mietwagen weitergeleitet?

Sie entfernte sich von dem Verdächtigen und von Roland, bis sie außer Hörweite war. Dann rief die Kommissarin Wiebke an.

»Du hast doch mit dem Charterpiloten gesprochen. Ging es da nur um Buchungen für den neunten August?«

»Ja, genau.«

»Könntest du bitte überprüfen, ob Joris Niemann am Folgetag einen Flug nach Hamburg hätte nehmen wollen?«

»Klar, mach ich.«

Antje bedankte sich bei der jungen Kollegin und kehrte zu den beiden Männern zurück. Kajunga wirkte nun wesentlich gelöster als noch kurz zuvor. Sie hatte eine solche Stimmungsveränderung bei geständigen Tätern schon öfter erlebt. Der Rentner war gewiss kein verstockter Berufsverbrecher. Zwar war er noch nicht auf den Mord zu sprechen gekommen, doch bis zu diesem Punkt in seiner Erzählung konnte es nicht mehr lange dauern.

»Entschuldige bitte die Unterbrechung, ich musste etwas prüfen lassen. – Was geschah mit dem Behälter?«, sagte Antje.

»Den hat der Mann einfach am Strand liegen gelassen«, erklärte Kajunga. Er fuhr fort: »Morgens wird der angeschwemmte Müll ja sowieso vom Reinigungstrupp entfernt, wie du weißt. Der Kerl schlich davon, ich folgte ihm mit einem gehörigen Abstand. An der Strandpromenade gab es Lampen, da musste ich darauf achten, nicht entdeckt zu werden. Der Mann hatte sein Fahrrad dort geparkt. Es kam mir bekannt vor. Er fuhr nicht davon, sondern schob es. Da ahnte ich bereits, dass ich es mit dem Chorleiter der *Juist Sailors* zu tun hatte. Natürlich kenne ich sein Rad. Und ich weiß auch, wie er von hinten aussieht. Ehrlich gesagt habe ich Joris Niemann noch nie über den Weg getraut.«

»Wie spät war es, als Sie an der Strandpromenade eintrafen?«, hakte Roland nach.

»Ungefähr zehn Minuten vor Mitternacht. Die *Juister Kajüte* war bereits geschlossen. Er umrundete das Gebäude, stellte sein Fahrrad ab und schloss die Küchentür auf. Ich war unschlüssig, was ich tun sollte. Niemann hatte Dreck am Stecken, so viel stand für mich fest. Ich wollte ihn auf seine Machenschaften am Strand ansprechen, ihm seine scheinheilige Maske herunterreißen. Also öffnete ich die Tür. Niemann kniete, er schien etwas zu suchen. Als er mich erblickte, kam er sofort wieder hoch.«

»Wie reagierte er?«

»Niemann gab sich herablassend, Antje. Er spielte bei den Chorproben immer den netten Kumpel, aber das war nur Show. In Wirklichkeit verachtete er uns alle, das begriff ich in dem Moment. Ich sprach ihn auf das an, was ich am Strand beobachtet hatte. Er behauptete, ich würde Gespenster sehen und ich solle mir mal eine Brille kaufen. Oder vom Arzt verschreiben lassen, weil ich ja so wenig Geld hätte.«

»Das ist nicht sehr freundlich«, stellte Roland fest.

Der Alte nickte grimmig und sagte: »Nun zeigte Niemann endlich sein wahres Gesicht. Er lachte mich aus. Ich solle verschwinden, zu meinem verkommenen Sohn und meinem Drecksjob bei der Fähre. Mit diesen Worten drehte er mir den Rücken zu.« Kajunga machte eine kurze Pause, dann fügte er hinzu: »In dem Moment habe ich zugestochen.«

Nun herrschte Stille am Juister Hafen, wenn man vom Kreischen der Möwen und dem Hufgetrappel der Gespannpferde eines vom Fährterminal abfahrenden Wagens absah.

»So mag es gewesen sein«, meinte Antje. »Ich glaube aber, dass du Joris Niemann von vornherein töten wolltest. Schon in dem Moment, als du die Lokalküche betreten hast.«

»Woher willst du das wissen? Du warst nicht dabei.«

»Das stimmt. Aber du hast Handschuhe getragen, die du normalerweise nur bei der Arbeit brauchst. Ist es dieses Paar, das du gerade anhast? Wenn wir eine kriminaltechnische Analyse vornehmen lassen, finden sich darauf garantiert mikroskopisch kleine Blutspritzer, die mit dem bloßen Auge nicht wahrzunehmen sind.«

»Unfug«, brummte Kajunga. Doch sein Mienenspiel bewies der Kommissarin, dass sie den Nagel auf den Kopf getroffen hatte. Sie fuhr fort: »Du wolltest den Verdacht auf meinen Vater lenken, nicht wahr? Du hast die Taschen des Toten durchforstet und dort den Rohdiamanten gefunden, den du dem Juwelier verkaufen wolltest. Der Zufall hatte dir außerdem den Schlüssel des besoffenen Kochs in die Hände gespielt. Du nahmst die Aktentasche an dich. Dann hast du die Tür mit Dykstras Schlüssel von außen abgeschlossen und das Fahrrad des Mordopfers in den Schuppen meines Vaters geschoben. Nun musstest du nur noch die Aktentasche wegwerfen und den Schlüssel wieder in die Tasche des schlafenden Dykstra stecken.«

»Dein Vater wäre schon nicht ins Gefängnis gekommen«, behauptete Kajunga störrisch. »Ich wollte einfach, dass die Polizei in eine andere Richtung ermittelt. – Und Niemann hat den Tod verdient! Er hat meinen Sohn kaputtgemacht, und mein Enkel darf seinen Papa nicht sehen.«

Antje ging darauf nicht ein. Sie sagte: »Wir gehen jetzt gemeinsam zur Wache. Die Termine mit den übrigen Shantysängern können wir getrost absagen.«

Kapitel 16

»Rolling home, Rolling home,
Rolling home across the sea,
Rolling home to dear old Hamburg,
Rolling home dear land to see.«

Die *Juist Sailors* hatten beschlossen, ihren geplanten Auftritt am Kurplatz trotz der dramatischen Ereignisse der letzten Zeit nicht abzusagen. Eine Rückkehr zur Normalität schien für alle das Gesündeste zu sein. Chorleiter war jetzt wieder Hajo Roelfs. Genau wie die übrigen Sänger trug er ihre übliche Bühnenkleidung: Jeans, blau-weiß gestreiftes Buscherump – im Binnenland als »Finkenwerder Fischerhemd« bekannt, rotes Halstuch sowie jene dunkelblaue Mütze, die »Elbsegler« genannt wird.

Die meisten Touristen genossen die Shanty-Darbietungen bei dem herrlichen Sommerwetter. Viele von ihnen hatten gar nichts von dem Mord mitbekommen, obwohl seit Eike Kajungas Verhaftung erst fünf Tage vergangen waren. Natürlich war das Verbrechen auch in der Lokalpresse Aufmacherthema gewesen. Doch es schien, als ob viele Menschen während ihrer unbeschwerten Urlaubstage auf Meldungen über Straftaten und Katastrophen getrost verzichten konnten.

Auch Roland und Antje waren kurz stehen geblieben, um sich die Musik anzuhören. Die beiden begleiteten Wiebke zur Fähre. Die Hauptsaison neigte sich allmählich dem Ende zu, der Herbst stand vor der Tür. Somit endete der zeitweilige Einsatz einer dritten Polizistin auf Juist.

Die junge Kollegin hatte noch einmal mit dem Charterpiloten telefoniert und herausgefunden, dass Niemann wirklich am zehnten August nach Hamburg fliegen wollte. Dieses Vorhaben war durch seine Ermordung verhindert worden.

»Rolling home«, brummte Roland, als die Musiker eine Pause machten. »Das passt ja wirklich, obwohl du nicht in die Hansestadt zurückkehrst.«

»Apropos Hamburg«, sagte Antje. »Das Landeskriminalamt hat mir heute Morgen eine Mail geschickt, in der die Spezialisten sich für unsere Informationen bedanken. Sie sind in Zusammenarbeit mit der niederländischen Polizei schon damit beschäftigt, die Diamantenschmuggelroute nachhaltig zu zerstören.«

»Wenn man der Hydra des organisierten Verbrechens einen Kopf abschlägt, wachsen zwei neue nach«, meinte Roland. »Doch das ist kein Grund, einfach aufzugeben.«

Damit hatte er zweifellos recht. Diesmal war es gelungen, größeres Unglück von der kleinen Insel abzuwenden. Die Kommissarin hatte gehört, dass Keno Kajunga und Gesa Niemann sich wieder zaghaft einander annäherten. Die junge Witwe schien zu begreifen, dass Niemann sie letztlich nur benutzt hatte. Antje gab nicht viel auf den »Inselfunk«, doch insgeheim drückte sie den Ex-Eheleuten die Daumen. Wenn die beiden wieder als Paar zusammenkamen oder sich zumindest nicht stritten, wäre das für alle ein Gewinn – nicht zuletzt für ihren gemeinsamen kleinen Sohn.

Antje musste sich eingestehen, dass Wiebkes Abschied ihr beinahe wehmütige Gefühle verursachte. Seit sie sich selbst von ihrer grundlosen Eifersucht kuriert hatte, wusste sie ihre fixe und engagierte junge Kollegin erst so richtig zu schätzen. Vor dem Fährterminal blieben die beiden Inselpolizisten stehen. Wiebke umarmte beide, dann nahm sie ihre Reisetasche.

»Grüß uns das Festland«, sagte Roland lächelnd.

»Es war schön bei euch – und der nächste Sommer kommt bestimmt«, erwiderte Wiebke augenzwinkernd.

ENDE

Ostfrieslandkrimi-Empfehlungen
des Klarant Verlages

Lernen Sie auch die anderen Bücher der Ostfrieslandkrimi-Serie **»Witte und Fedder ermitteln«** von **Sina Jorritsma** kennen:

Die Kommissarin Antje Fedder ist ein waschechtes Juister Inselkind. Sie kennt ihr Heimat-Eiland wie ihre Westentasche. Als zurückhaltende Norddeutsche hat sie manchmal Probleme mit der charmanten und unbeschwerten Art ihres Kollegen Roland Witte, der heimlich in sie verliebt ist. Oder vielleicht doch nicht? Diese Frage muss zunächst unbeantwortet bleiben, denn die beiden Polizisten lösen auf der kleinen Insel auch die kniffligsten Krimirätsel. Auch Antjes Vater Tjark Fedder steht ihnen mit Rat und Tat zur Seite, denn der Gastwirt schnappt viele Informationen auf. Nur die übereifrige Bürgermeisterin Silke Meester erschwert den Ermittlern oft die Arbeit.

In der Serie sind bereits folgende Ostfrieslandkrimis erschienen:

»Juister Herzen«, Band 1
Taschenbuch-ISBN: 978-3-95573-911-9
eBook-ISBN: 978-3-95573-912-6

Ein mysteriöser Todesfall versetzt die ostfriesische Insel Juist in Aufruhr. Im Bett einer Ferienwohnung liegt die Leiche einer jungen Frau. Doch weder sind äußere Verletzungen erkennbar, noch wohnte Diana Schröder in der Unterkunft, in der sie allem Anschein nach starb. Die Inselkommissare Antje Fedder und Roland Witte nehmen die Ermittlungen auf, und schnell finden sie heraus: Die

Ferienwohnung wird von einer Selbsthilfegruppe gemietet, deren Mitglieder ihre große Liebe verloren haben. Juister Herzen nennt sich die Veranstaltung auf der idyllischen Nordseeinsel, die helfen soll, verletzte Seelen wieder zu heilen. Aber wie kam Diana überhaupt in dieses Bett? Und weshalb trug sie eine Pistole bei sich? Ins Visier der Ermittlungen gerät Clemens Vogt, der Leiter der Selbsthilfegruppe. Die Inselkommissare bezweifeln seine guten Absichten und stoßen schließlich doch auf eine überraschende Verbindung zwischen den Juister Herzen und der Toten ...

»Juister Düfte«, Band 2
Taschenbuch-ISBN: 978-3-95573-957-7
eBook-ISBN: 978-3-95573-958-4

»Juister Reiter«, Band 3
Taschenbuch-ISBN: 978-3-96586-027-8
eBook-ISBN: 978-3-96586-028-5

»Juister Taucher«, Band 4
Taschenbuch-ISBN: 978-3-96586-088-9
eBook-ISBN: 978-3-96586-089-6

»Juister Düne«, Band 5
Taschenbuch-ISBN: 978-3-96586-126-8
eBook-ISBN: 978-3-96586-127-5

»Juister Hochzeit«, Band 6
Taschenbuch-ISBN: 978-3-96586-176-3
eBook-ISBN: 978-3-96586-177-0

»Juister Lüge«, Band 7
Taschenbuch-ISBN: 978-3-96586-217-3
eBook-ISBN: 978-3-96586-218-0

»Juister Perlen«, Band 8
Taschenbuch-ISBN: 978-3-96586-267-8
eBook-ISBN: 978-3-96586-268-5

»Juister Zeuge«, Band 9
Taschenbuch-ISBN: 978-3-96586-307-1
eBook-ISBN: 978-3-96586-308-8

»Juister Clown«, Band 10
Taschenbuch-ISBN: 978-3-96586-358-3
eBook-ISBN: 978-3-96586-359-0

»Juister Chor«, Band 11
Taschenbuch-ISBN: 978-3-96586-434-4
eBook-ISBN: 978-3-96586-435-1

Klarant Verlag

Lernen Sie die Ostfrieslandkrimi-Titel des Klarant Verlages kennen und besuchen Sie uns im Internet unter:

www.ostfrieslandkrimi.de

und

www.klarant.de

Sie können dort Näheres über unsere Autoren erfahren, viele weitere interessante Bücher und eBooks finden und Leseproben herunterladen. Mit dem kostenlosen Newsletter auf

www.ostfrieslandkrimi-lesen.de

erhalten Sie aktuelle Informationen rund um das Verlags-programm, wie beispielsweise spannende Neuerschei-nungen und Gewinnspiele.